罗雪村 作

中国现代
名家名作
插 图 本

沈从文

著

罗雪村

插 图 本

湘西

人民文学出版社

图书在版编目(CIP)数据

湘西罗雪村插图本/沈从文著;罗雪村绘.—北京:人民文学出版社,2022
(中国现代名家名作插图本)
ISBN 978-7-02-017040-1

Ⅰ.①湘… Ⅱ.①沈… ②罗… Ⅲ.①散文集—中国—现代 Ⅳ.①I266

中国版本图书馆 CIP 数据核字(2021)第 241607 号

责任编辑　杜　丽
装帧设计　陶　雷
责任印制　任　祎

出版发行　人民文学出版社
社　　址　北京市朝内大街 166 号
邮政编码　100705

印　　刷　三河市中晟雅豪印务有限公司
经　　销　全国新华书店等

字　　数　57 千字
开　　本　880 毫米×1230 毫米　1/32
印　　张　3.875　插页 11
印　　数　1—6000
版　　次　2022 年 3 月北京第 1 版
印　　次　2022 年 3 月第 1 次印刷

书　　号　978-7-02-017040-1
定　　价　42.00 元

如有印装质量问题,请与本社图书销售中心调换。电话:010-65233595

目 录

题记 ·· 001

引子 ·· 001

常德的船 ·· 008

沅陵的人 ·· 022

白河流域几个码头 ·· 040

泸溪·浦市·箱子岩 ··· 050

辰溪的煤 …………………………………………… 063

沅水上游几个县分 ………………………………… 070

凤凰 ………………………………………………… 085

苗民问题 …………………………………………… 108

题　　记

　　我这本小书只能说是湘西沅水流域的杂记,书名用"沅水流域识小录",似乎还切题一点。因为湘西包括的范围甚宽,接近鄂西的桑植、大庸、慈利、临澧各县应当在内,接近湘南的武冈、安化、绥宁、通道各县也可以在内。不过一般记载说起湘西时,常常不免以沅水流域各县作主体,就是如地图所指,西南公路沿沅水由常德到晃县一段路,本文在香港《大公报》发表时,即沿用这个名称,因此现在并未更改。

这是古代荆蛮由云梦洞庭湖泽地带被汉人逼迫退守的一隅。地有五溪①,"五溪蛮"的名称即由此而来,传称马援征蛮,困死于壶头山。壶头山在沅水中部,因此沅水流域每一县城都有一伏波宫。春秋时被放逐的楚国诗人屈原,驾舟溯流而上,许多地方还约略可以推测得出。便是这个伟大诗人用作题材的山精洞灵,篇章中常借喻的臭草香花,也俨然随处可以发现。尤其是与《楚辞》不可分的酬神宗教仪式,据个人私意,如用凤凰县大傩酬神仪式作根据,加以研究比较,必尚有好些事可以由今会古。土司制度为中国边远各省统治制度之一种,五代时马希范与土司夷长立约的铜柱,现今还矗于酉水中部河岸边,地临近青鱼潭,属永顺县管辖。酉水流域几个县分,至今就还遗留下一些过去土司统治方式,可作专家参考。屯田练勇为清代两百年来治苗方策,且是产业共有共享一种雏形试验,民国以来,苗民常有问题,问题便与屯田制度的变革有关,与练勇事似二而一。所以一个行政长官,一个史学者,一个社会问题专家,对这地方的过去,当前,未来如有些关系,或不

---

① 指沅水上游及其支流——酉水、巫水、武水、辰水、沅水流域。五溪的具体所指,也有不尽相同的说法。

缺少兴味,更不能不对这地方多有些了解。

又如战争一起,我们南北较好的海口和几条重要铁路线,都陆续失去了,谈建国复兴,必然要从地面的经营和地下的发掘作起。湘西人常自以为极贫穷,不时且不免因此发生"自卑自弃"感觉,俨若凡事为天所限制,无可奈何。事实上,湘西的桐油、茶叶,都有很好的出产。地下的煤铁,虽不如外人所传说富厚,至于特殊金属,如锑、砒、银、钨、锰、汞、金,地下蕴藏都相当多。尤其是经最近调查,几个金矿的发现,藏金量之丰富,与矿床之佳好,为许多专家所想象不到。湘西虽号称偏僻,在千年前的《桃花源记》被形容为与世隔绝的区域,可是到如今,它的地位也完全不同了。西南公路由此通过,贯串了四川,贵州,云南,广西的交通。并且战争已经到了长江中部,有逐渐向内地转移可能。湘西的咽喉为常德,地当洞庭湖口,形势重要,在沿湖各县数第一。敌如有心冒险西犯,这咽喉之地势所必争,将来或许会以常德为据点,作攻川攻黔准备。我军战略若系将主力离开铁路线,诱敌入山地,则湘西沅水流域必成为一个大战场,——一个战场,换一句话,也就是一片瓦砾场!"未来"湘西的重要,显而易见。然而这种"未来"是与"过去""当前"不可分的。对于这个地方的"过去"和"当前",我们是不是还应当多知道一点点?还值得多知道一点点?据个人意见,对于湘西各方面的知识实在都十分需要,任何部门的专家,或是一个较细心谨慎的新闻记者,用"湘西"作题材,写成他的著作,不问这作品性质是特殊的或一般的,我相信,都重要而有价值。因为一种比较客观的记载,纵简略而多缺点,依然无害于事,它多多少少可以帮助他人对于湘西的认识。至于我这册小书,在本书第一章上即说得明明白白:只能说是一点"土仪",一个湘西人对于来到湘西或关心湘西的朋友们所作的一种芹献。我的目的只在减少旅行者不必有的忧虑,补充他一些不可免的好奇心,以及给他一点来到湘西为安全和快乐应当需要的常识,并希望这本小书的读者,在掩卷时,能对这边鄙之地给予少许值得给予的同情,就算是达到写作目的了。若这本小书还可对这些专家或其他同乡前辈成为一种"抛砖引玉"的工作,那更是我意外的荣幸。

我生长于凤凰县,十四岁后在沅水流域上下千里各个地方大约住过七年,我的青年人生教育恰如在这条水上毕的业。我对于湘西的认识,自然较偏于人事方面。活在这片土地上的老幼贵贱,生死哀乐种种状况,我因性之所近,注意较多。去乡约十五年,去年回到沅陵看看,新陈代谢,人事今昔情形不同已很多。然而另外又似乎有些情形还是一成不变。我心想:这些人被历史习惯所范围,所形成的一切若写它出来,当不是一种徒劳!因为在湘西我大约见过两百左右年青同乡,谈起国家大事、文坛掌故、海上繁华时,他们竟像比我还知道的很多。至于谈起桑梓情形,却茫然发呆。人人都知道说地方人不长进,老年多顽固堕落,青年多虚浮繁华,地方政治不良,苛捐杂税太多。可是都人云亦云,不知所谓。大家对于地方坏处缺少真正认识,对于地方好处更不会有何热烈爱好。即从青年知识分子一方面观察,不特知识理性难抬头,情感勇气也日见薄弱。所以当我拿笔写到这个地方种种时,本人的心情实在很激动,很痛苦。觉得故乡山川风物如此美好,一般人民如此勤俭耐劳,并富于热忱与艺术爱美心,地下所蕴聚又如此丰富,实寄无限希望于未来。因此这本书的最好读者,也许应当是生于斯,长于斯,将来与这个地方荣枯永远不可分的同乡。

湘西到今日,生产,建设,教育,文化,在比较之下,事事都显得落后,一般议论常认为是"地瘠民贫",这实在是一句错误的老话。

老一辈可以藉着解嘲,年轻人决不宜用此卸责。二十岁以下的年轻人必需认识清楚:这是湘西人负气与自弃的结果!负气与自弃本来是两件事,前者出于山民的强悍本性,后者出于缺少知识养成的习惯;两种弱点合而为一,于是产生一种极顽固的拒他性,不仅仅对一切进步的理想加以拒绝,便是一切进步的事实,也不大放在眼里。譬如就湘西地方商业而论,规模较大的出口货如桐油、木材、烟草、茶叶,进口货如棉纱、煤油、烟卷、食盐、五金,就无不操纵在江西帮,汉口帮商人手里,湘西人是从不过问的。湘西人向外谋出路时,人自为战,与社会环境奋斗的精神,很得到国人尊敬,至于集团的表现,遵循社会组织,从事各种近代化企业竞争,就不大如人。因此在政治上虽产生过熊希龄、宋教仁,多独张一帜,各不相附。军人中出过傅良佐,田应诏,蔡钜猷,对于湖南却无所建树。读书人中近二十年来更出了不少国内知名专门学者,然而沅水流域二十县,到如今却并一个像样的中学还没有!各县虽多财主富翁,这些人的财富,除被动的派捐绑票,自动的嫖赌逍遥,竟似乎别无更有意义的用途。这种长于此而拙于彼,也精明能干,也胡涂到家的情形,无一不是负气与自弃结果。负气与自弃影响到政治方

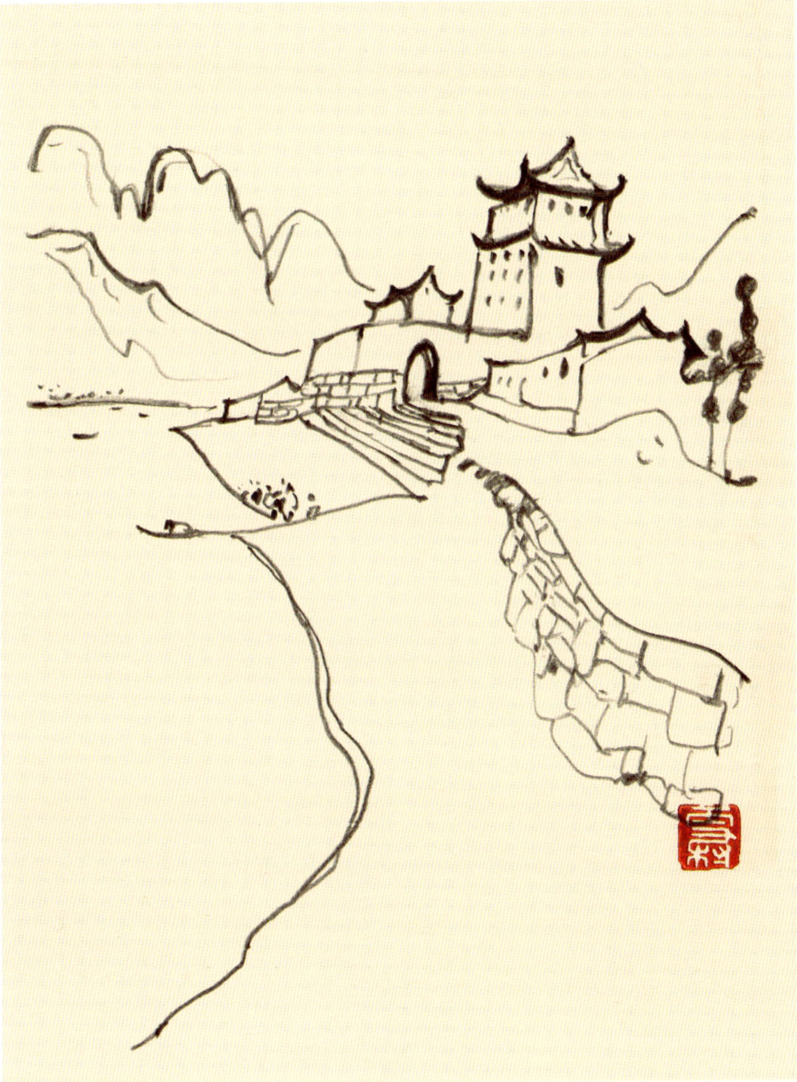

面,则容易有"马上得天下,马上治之"观念,少弹性,少膨胀性,少黏附团结性,少随时代应有的变通性。影响到普遍社会方面,则一切容易趋于保守,对任何改革都无热情,难兴奋,凡事惟以拖拖混混为原则,以不相信不合作保持负气,表现自弃。这自然不成的!负气与自弃使湘西地方被称为苗蛮匪区,湘西人被称为苗蛮土匪,这是湘西人的羞辱,每个人都有涤除这羞辱的义务!天时地利待湘西人并不薄,湘西人所宜努力的,是肯虚心认识人事上的弱点,并有勇气改善这些弱点。第一是自尊心的培养,特别值得注意。因即以游侠者精神而论,若缺少自尊心,便不会成为一个大脚色。何况年青人将来对地方对历史的责任,远比个人得失荣辱为重要。

日月交替,因之产生历史。民族兴衰,事在人为。屈宋文章,曾左勋业,遗芳余烈,去今犹未甚远。我这本小书所写到的各方面现象,和各种问题,虽极琐细平凡,在一个有心人看来,说不定还有一点意义,值得深思!

(原载1939年1月昆明《今日评论》第1卷第2期。)

引　子

　　战事一延长,不知不觉间增加了许多人地理知识。另外一时,我们对于地图上许多许多地名,都空空泛泛,并无多少意义,也不能有所关心。现在可不同了。一年来有些地方,或因为敌我两军用炮火血肉争夺,或因为个人需从那里过身,都必然重新加以注意。例如丰台,台儿庄,富阳,嘉善,南京或长沙,这里或那里,我们好像全部十分熟习。地方和军事有关,和交通有关,它的形势,物产,多多少少且总给我们一些概念。所以当前一个北方人,一个长江下游人,一个广东人(假定他是读书的),从不到过湖南,如今拟由长沙,经湘西,过贵州,入云南,人到长沙前后,自然从一般记载和传说,对湘西有如下几种片段印象或想象:

(一)湘西是个苗区,同时又是个匪区。妇人多会放蛊①,男子特别欢喜杀人。

(二)公路极坏,地极险,人极蛮,因此旅行者通过,实在冒两重危险,若想住下,那简直是探险了。

(三)地方险有险的好处,车过武陵,就是《桃花源记》上所说的渔人本家。武陵上面是桃源县,就是"桃花源",说不定还有避秦的遗民,可以招待客人。经过辰州,那地方出辰州符,出辰砂。且有人会赶尸。若眼福好,必有机会见到一群死尸在公路上行走,汽车近身时,还知道避让路旁,完全同活人一样!

(四)地方文化水准极低,土地极贫瘠,人民蛮悍而又十分愚蠢。

这种打算似乎十分可笑,可是有许多人就那么心怀不安与好

---

① 蛊,相传一种人工培养的毒虫。放蛊即施放蛊虫以害人。

奇经过湘西。经过后一定还有人相信传说，不大相信眼睛。这从许多过路人和新闻记者的游记或通信就可看出。这种游记和通信刊载出来时，又给另外一些陌生人新的幻觉与错觉，因此湘西就在这种情形中成为一个特殊区域，充满原始神秘的恐怖，交织野蛮与优美，换言之，地方，人与物，由外面人眼光中看来俱不可解。造成这种印象的，最先自然是过去游宦的外来人，一瞥而过，作成的荒唐记载，其次便是到过湘西来作官作吏，因贪污搜括不遂，或因贪污搜括吃过地方人的苦头这种人的传说。因为大家都不明白湘西，所以谈文化史的陈序经先生，在一篇讨论研究西南文化的文章里，说及湖南苗民时，就说"八十年前湖南还常有苗患，然而湖南苗民在今日已不容易找出来。"（见《新动向》二期）陈先生是随同西南联合大学在长沙住过好几个月的，既不知道湘西还有几县地方，苗民占全县人口比例到三分之二以上，更不注意湘主席何键的去职，荣升内政部长，就是苗民"反何"作成的。一个专家对于湘西尚如此隔膜，别的人可想而知了。

本文的写作，和一般游记通讯稍微不同。作者是本地人，可谈的问题极多，譬如矿产，农村，教育，军事，一切大问题，然而这些问题，这时节不是谈它的时节。现在仅就一个旅行者沿湘黔公路所见，下车时容易触目，住下时容易发生关系，谈天时容易引起辩论，这一类琐细小事，分别写点出来，作为关心湘西各种问题或对湘西还有兴味的过路人一分"土仪"。如能对于旅行者减少一点不必有的忧虑，补充一点不可免的好奇心，此外更能给他一点常识——对于旅行者到湘西来安全和快乐应当需要的常识，或一点同情，对这个边鄙之地值得给予的同情，就可说是已经达到拿笔的目的了。

一个外省人想由公路乘车入滇，总得在长沙候车，多多少少等些日子。长沙人的说话，以善于扩大印象描绘见长，对于湘西的印象，不外把经验或传闻复述一次。杀人放火，执枪弄刀，知识简陋，地方神秘，如此或如彼，叙说的一定有声有色。看看公路局的记名簿，轮到某某买票上车了，于是这个客人担着一分忧虑，怀藏一点好奇心，由长沙上车，一离城区就得过渡，待渡时，对长沙留下的印象，在饮食方面必然是大盘，大碗，大调羹和大筷子。私人住宅门墙上园庐名称字样大，商店铺子门面招牌也异常大，东东西西都大——正好像一切东西都放大了，凡事不能例外，所以购买什物时，作生意人的脾气也特别大，（尤其是洋货铺对于探头探脑想买点什么的乡下人,邮局的办事员对于普通人,……)为一点点小事大吵大骂,到处可见。也许天时阴雨太多了一点,发扬的民族性与古怪的天气相冲突,结果便表现于这些触目可见的问题上。长沙出名的是湘绣,湘绣中合乎实用的是被面,每件定价六十四元到一百二十元,事实上给他十五元,交易就办好了。虚价之大也是别地方少有的。在人事方面,却各凭机会各碰运气,或满意,或失望。最容易放在心上的,必然是前主席一筹防空捐,六百万元不费力即可收齐,说明湖南并不十分穷。现主席拟用五万年青学生改造地方政治,证明湖南学生相当多。地方气候虽如汉朝贾谊所说,卑湿多雨,人物如屈原所咏,臭草与香花杂植,无论如何总会给人一种活泼兴旺印象。市面活泼也许是装潢的,政治铺排也许是有意为之的,然而地方决不是死气沉沉的。时代若流行标语口号,他的标语口号会比别的地方大得多,响亮得多,前进得多。(北伐后马日事变前可以作例。)时代若略略向回头路走,中国老迷信有露面机会,那么,和尚、道士、同善社、佛学会,无不生意兴隆,号召广大。(清党后全省军人忽然佛化,可以作例。)过路人只要肯留心一看,就可到处看出夸张,这点夸张纵与地方真实进步无关,与市面繁荣可大有关系。长沙是个并未完全工业化的半老都城,然而某几种手工业,如刺绣、鞭炮、雨伞、夏布,不特可供给本省需要,还可向外埠夺取市场。矿产与桐油木材,更增加本省的财富与购买力。所以外来丝织品、毛织品及奢侈品,也可在省会上得到广大的出路。民气既发扬,政治上负责的只要肯办事,会办事,什么事都办得通。目前它在动,在变,在发展,人和物无不如此。

汽车过河后,长沙地方和旅行者离远了。爆竹声,吵骂声,交通器具嘈杂声,慢慢的在耳根边消失了。汽车上了些山,转了些弯,窗外光景换了新样子。且还继续时时在变幻。平田角一栋房子,小山头三株树,干净洒脱处,一个学中国画的旅客当可会心于新安派的画上去。旅行者会觉得车是向湘西走去,向那个野蛮而神秘,有奇花异草与野人神话的地方走去,添上一分奇异的感觉,杂糅愉快与惊奇。且一定以为这里将如此如此,那里必如此如此。可是这种担心显然是白费的,因为益阳和宁乡,给过路人的印象都不是旅行者所预料得到的。公路坦平而宽阔,有些地方可并行四辆卡车,经雨后路面依然很好,路旁树木都整齐如剪。两旁田亩如一块块毯子,形色爽人心目。小山头全种得是马尾松和茶树栎树,著名的松菌、茶油和白炭,就出于这些树木。如上路适当三月里,还到处可见赤如火焰的杜鹃花,在斜风细雨里听杜鹃鸟在山谷里啼唤!有人家处多丛竹绕屋,竹干带斑的,起云的,紫黑的,中节忽然胀大的,北方人当作宝贝的各种竹科植物,原来这地方乡下小孩子正拿它来赶猪赶鸭子。小孩子眼睛光明,聪明活泼,驯善柔和处,会引起旅行者的疑心:这些小东西长大时就会杀人放蛊?或者不免有点失望,因为一切人和物都与理想中的湘西的野蛮光景不大相称。或者又觉得十分满意,因为一切和江浙平原相差不多,表现的是富足,安适,无往不宜。

可是慢慢的看吧。对湘西下断语太早了一点不相宜。我们应当把武陵以上称为湘西,它的个性特性方能见出。由长沙到武陵,还得坐车大半天!也许车辆应当在那个地方休息,让我们在车站旁小旅馆放下行李,过河先看看武陵,一个词章上最熟习的名称。

常 德 的 船

常德就是武陵,陶潜的《搜神后记》上《桃花源记》说的渔人老家,应当摆在这个地方。德山在对河下游,离城市二十余里,可说是当地唯一的山。汽车也许停德山站,也许停县城对河另一站。汽车不必过河,车上人却不妨过河,看看这个城市的一切。地理书上告给人说这里是湘西一个大码头,是交换出口货与入口货的地方。桐油、木料、牛皮、猪肠子和猪鬃毛,烟草和水银,五倍子和鸦片烟,由川东、黔东、湘西各地用各色各样的船只装载到来,这些东西是全得由这里转口，再运往长沙武汉的。子盐、花纱、布匹、洋货、煤油、药品、面粉、白糖，以及各种轻工业日用消耗品和必需品，又由下江轮驳运到，也得从这里改装，再用那些大小不一的船只，分别运往沅水各支流上游大小码头去卸货的。市上多的是各种庄号。各种庄号上的坐庄人，便在这种情形下成天如一个磨盘，一种机械，为职务来回忙。邮政局的包裹处，这种人进出最多。长途电话的营业处，这种坐庄人是最大主顾。酒席馆和妓女的生意，靠这种坐庄人来维持。

除了这种繁荣市面的商人，此外便是一些寄生于湖田的小地主，作过知县的小绅士，各县来的男女中学生，以及外省来的参加这个市面繁荣的掌柜，伙计，乌龟，王八。全市人口过十万，街道延长近十里，一个过路人到了这个城市中时，便会明白这个湘西的咽喉，真如所传闻，地方并不小。可是却想不到这咽喉除吐纳货物和原料以外，还有些什么东西。作这种吐纳工作，责任大，工作忙，性质杂，又是些什么人。假若一旦没有了他们，这城市会不会忽然成为河边一个废墟？这种人照例触目可见，水上城里无一不可以碰头，却又最容易为旅行者所疏忽。我想说的是真正在控制这个咽喉,支配沅水流域的几万船户。

这个码头真正值得注意令人惊奇处,实在也无过于船户和他所操纵的水上工具了。要认识湘西,不能不对他们先有一种认识。要欣赏湘西地方民族特殊性,船户是最有价值材料之一种。

一个旅行者理想中的武陵,渔船应当极多。到了这里一看,才知道水面各处是船只,可是却很不容易发现一只渔船。长河两岸浮泊的大小船只,外行人一眼看去,只觉得大同小异。事实上形制复杂不一,各有个性,代表了各个地方的个性。让我们从这方面来多知道一点点,对于我们也许有些便利处。

船只最触目的三桅大方头船,这是个外来客,由长江越湖来的,运盐是它主要的职务,它大多数只到此为止,不会向沅水上游走去。普通人叫它做"盐船",名实相符。船家叫它做"大鳅鱼头",《金陀粹编》上载岳飞在洞庭湖水擒杨幺故事,这名字就见于记载了,名字虽俗,来源却很古。这种船只大多数是用乌油漆过,所以颜色多是黑的。这种船按季候行驶,因为要大水大风方能行动。杜甫诗上描绘的"洋洋万斛船,影若扬白虹",也许指的就是这种水上东西。

比这种盐船略小,有两桅或单桅,船身异常秀气,头尾忽然收敛,令人入目起尖锐印象,全身是黑的,名叫"乌江子"。它的特长是不怕风浪,运粮食越湖。它是洞庭湖上的竞走选手。形体结构上的特点是桅高、帆大、深舱、锐头。盖舱篷比船身小,因为船舷外还有护舱板。弄船人同船只本身一样,一看很干净,秀气斯文。行船既靠风,上下行都使帆,所以帆多整齐,船上用的水手不多,仅有的水手会拉篷、摇橹、撑篙,不会荡桨——这种船上便不常用桨。放空船时妇女还可代劳掌舵。这种船间或也沿河上溯,数目极少,船身材料薄,似不宜于冒险。这种船在沅水流域也算是外来客。

在沅水流域行驶,表现得富丽堂皇、气象不凡,可称为巨无霸的船只,应当数"洪江油船"。这种船多方头高尾,颜色鲜明,间或且有一点金漆装饰。尾梢有舵楼,可以安置家眷。大船下行可载三四千桶桐油,上行可载两千件棉花,或一票食盐。用橹手二十六人到四十人,用纤手三十人到六七十人、必待春水发后方上下行驶,路线系往返常德和洪江。每年水大至多上下三五回,其余大多时节都在休息中,成排结队停泊河面,俨然是河上的主人。船主照例是麻阳人,且照例姓滕,善交际,礼数清楚。常与大商号中人拜把子,攀亲家。行船时站在船后檀木舵把边,庄严中带点从容不迫神气,口中含了个竹马鞭短烟管,一面看水,一面吸烟。遇有身分的客人搭船,喝了一杯酒后,便向客人一五一十叙述这只油船的历史,载过多少有势力的军人、阔老,或名驰沅水流域的妓女。换言之,就是这只船与当地"历史"发生多少关系!这种船只上的一切东西,无一不巨大坚实。船主的装束在船上时看不出什么特别处,上岸时却穿长袍(下脚过膝三四寸),罩青羽绫马褂,戴呢帽或小缎帽,佩小牛皮抱肚,用粗大银练系定,内中塞满了银元。穿生牛皮靴子,走路时踏得很重。个子高高的,瘦瘦的。有一双大手,手上满是黄毛和青筋。会喝酒,打牌,且豪爽大方,吃花酒应酬时,大把银元钞票从抱肚掏出,毫不吝啬。水手多强壮勇敢,眉目精悍,善唱歌、泅水、打架、骂野话。下水时如一尾鱼,上岸接近妇人时像一只小公猪。白天弄船,晚上玩牌,同样做得极有兴致。船上人虽多,却各有所事,从不紊乱。舱面永远整洁如新。拔锚开头时,必擂鼓敲锣,在船头烧纸烧香,煮白肉祭神,燃放千子头鞭炮,表示人神和乐,共同帮忙,一路福星。在开船仪式与行船歌声中,使人想起两千年前《楚辞》发生的原因,现在还好好的保留下来,今古如一。

比洪江油船小些,形式仿佛也较笨拙些(一般船只用木板作成,这种船竟像用木柱作成),平头大尾,一望而知船身十分坚实,有斗拳师的神气,名叫"白河船"。白河即酉水的别名。这种船只即行驶于沅水由常德到沅陵一段,酉水由沅陵到保靖一段。酉水滩流极险,船只必经得起磕撞。船只必载重方能压浪,因此尾部如臀,大而圆。下行时在船头缚大木桡两把,木桡的用处是船只下滩,转头时比舵切于实际。照水上人俗谚说"三桨不如一篙,三橹不如一桡"。桡读作招。酉水浅而急,不常用橹,篙桨用处多,因此篙多特别长大,桨较粗硕,肥而短。船篷用棕子叶编成,不涂油。船主多永顺保靖人,姓向姓王姓彭占多数。酉水河床窄,滩流多,为应付自然,弄船人所需要的勇敢能耐也较多。行船时常用相互诅骂代替共同唱歌,为的是受自然限制较多,脾气比较坏一点。酉水是传说中古代藏书洞穴所在地,多的是高大宏敞,充满神秘的洞穴。由沅陵起到酉阳止,沿酉水流域的每个县分总有几个洞穴。可是如沅陵的大酉洞,保靖的狮子洞,酉阳的龙洞,这些洞穴纵有书籍也早已腐烂了。到如今这条河流最多的书应当是宝庆纸客贩卖的石印本历书，每一条船上照例都有一本皇历。船家禁忌多，历书是他们行动的宝贝。河水既容易出事情，个人想减轻责任，因此凡事都俨然有天作主，由天处理，照书行事，比较心安，也少纠纷。酉水流域每个县分的船只，在形式上又各不相同，不过这些小船不出白河，在常德能看到的白河油船，形体差不多全是一样。

沅水中部的辰溪县，出白石灰和黑煤，运载这两种东西的本地船叫做"辰溪船"，又名"广舶子"。它的特点和上述两种船只比较起来，显得材料脆薄而缺少个性。船身多是浅黑色，形状如土布机上的梭子，款式都不怎么高明。下行多满载这些不值钱的货物，上行因无回头货便时常放空。船身脏，所运货物又少时间性，满载下驶，危险性多，搭客不欢迎，因之弄船人对于清洁时间就不甚关心。这种船上的席篷照例是不大完整的，布帆是破破碎碎的，给人印象如一个破落户。弄船人因闲而懒，精神多显得萎靡不振。

洞河（即泸溪）发源于乾城苗乡大小龙洞，和凤凰苗乡鸟巢河。两条小河在乾城县的所里市相汇。向东流，到泸溪县，方和沅水同流。在这条河里的船就叫"洞河船"。河源由苗乡梨林地方两个洞穴中流出，河床是乱石底子，所以水质特别清，水性特别猛。

船身必需从撞磕中挣扎,河身既小,船身也较轻巧。船舷低而平,船头窄窄的。在这种船上水手中,我们可以发现苗人。不过见着他时我们不会对他有何惊奇,他也不会对我们有何惊奇。这种人一切和别的水上人都差不多,所不同处,不过是他那点老实、忠厚、纯朴、戆直性情——原人的性情,因为住在山中,比城市人保存得多点罢了。乾城人极聪明文雅,小手小脚小身材,唱山歌时嗓子非常好听,到码头边时可特别沉默安静。船只太小了,不常有机会到这大码头边靠船。这种船停泊在河面时似乎很羞怯,正如水手们上街时一样羞怯。

乾城用所里作本县吐纳货物的水码头。地方虽不大,小小石头城却很整齐干净,且出了几个近三十年来历史上有名姓的人物。段祺瑞时代的陆军总长傅良佐将军,是生长在这个小县城里的。东北军宿将,国内当前军人中称战术权威的杨安铭将军,也是这地方人。

在河上显得极活动,极有生气,而且数量极多的,是普通的中型"麻阳船"。这种船头尾高举,秀拔而灵便。这种船只的出处是麻阳河(即辰溪)。每只船上都可见到妇人,孩子,童养媳,弄船人一面担负商人委托的事务,一面还担负上帝派定的工作,两方面都异常称职。沅水流域的转运事业,大多数由这地方人支配,人口繁荣的结果,且因此在常德城外多了一条麻阳街。"一切成功都必需争斗",这原则也可用作麻阳街的说明。据传说,这条街是个姓滕的水手双拳打出来的。我们若有兴趣特意到那条街上走走,可知道开小铺子的、做理发店生意的、卖船上家伙的、经营皮肉生涯的,全是麻阳人,我们就会明白,原来参加这种争斗,每人都有一份。麻阳人的精力绝伦处,或者与地方出产有点关系。麻阳出各种橘子,糯米亦极好,作甜酒特别相宜。人口加多,船只也越来越多,因此沅水水面的世界,一大半是麻阳人的。大凡船只停靠处,都有叫乡亲的麻阳人。乡亲所得的便利极多,平常外乡人,坐船时于是都叫麻阳人作"乡亲"。乡亲的特点是面目精悍而性情快乐,作水手的都能吃,能做,能喝,能打架。船主上岸时必装扮成为一个小乡绅,如驾洪江油船的大老板一样穿袍穿褂,着生牛皮盘云长统钉靴,戴有皮封耳的毡帽或博士帽,手指套上分量沉重的金戒指,皮抱肚里装上许多大洋钱,短烟管上悬个老虎爪子,一端还镶包一片镂花银皮。见人就请教仙乡何处,贵府贵姓。本人大多数姓滕,名字"代富""宜贵"。对三十年来的本省政治,比起任何地方船主都熟习,都关心。欢喜讲礼教、臧否人物,且善于称引经典格言和当地俗谚,作为谈天时章本。恭维客人时必从恭维上增多一点收入,被客人恭维时便称客人为"知己",笑嘻嘻的请客人喝酒。妇女在船上不特对于行船毫无妨碍,且常常是一个好帮手。妇女多壮实能干,大脚大手,善于生男育女。

麻阳人中另外还有一双值得称赞的手,在湘西近百年实无匹敌,在国内也是一个少见的艺术家,是塑像师张秋潭那双手。

在常德水码头船只极小,飘浮水面如一片叶子,数量之多如淡干鱼,是专载客人用的"桃源划子"。木商与烟贩,上下办货的庄客,过路的公务员,放假的男女学生,同是这种小船的主顾。船身既轻小,上下行的速度较之其他船只快过一倍,下滩时可从边上小急流走,决不会出事。在平潭中且可日夜赶程,不会受关卡留难。因此在有公路以前,这种小小船只实为沅水流域交通利器。弄船人工作不需如何紧张,开销又少,收入却较多。装载客人且多阔老,同时桃源县人的性格又特别随和(沅水一到桃源后就变成一片平潭,再无恶滩急流,自然影响到水上人性情很大),所以弄船人脾气就马虎得多。很多是瘾君子,白天弄船,晚上便靠灯。有些家中人说不定还留在县里,经营一种不必要本钱的职业,分工合作,都不闲散。且能作客人向导,带访桃源洞的客人到所要到的新奇地方去。

在沅水流域上下行驶,停泊到常德码头应当称为"客人"的船只,共有好几种,有从芷江上游黔东玉屏来的,有从麻阳河上游黔东铜仁来的,有从白河上游川东龙潭来的。玉屏船多就洪江转口,下行不多。龙潭船多从沅陵换货,下行不多。"铜仁船"装油碱下行的,有些庄号在常德,所以常直放常德。船只最引人注意处是颜色黄明照眼,式样轻巧,如竞赛用船。船头船尾细狭而向上翘举,舱底平浅,材料脆薄,给人视觉上感到灵便与愉快,在形式上可谓秀雅绝伦。弄船人语言清婉,装束素朴,有些水手还穿齐膝的长衣,裹白头巾,风度整洁和船身极相称。船小而载重,故下行时船舷必缚茅束挡水。这种船停泊河中,仿佛极其谦虚,一种作客应有的谦虚。然而比同样大小的船只都整齐,一种作客不能不注意的整齐。

此外常德河面还有一种船只,数量极多,有的时常移动,有的又长久停泊。这些船的形式一律是方头、方尾、无桅、无舵。用木板作舱壁,开小小窗子,木板作顶。有些当作船主的金屋,有些又作逋逃者的窟穴。船上有招纳水手客人的本地土娼,有卖烟和糖食、小吃、猪蹄子、粉面的生意人。此外算命卖卜的,圆光关亡的,无不可以从这种船上发现。船家做寿成亲,也多就方便借这种水上公馆举行。因此,一遇黄道吉日,总是些张灯结彩,响器声,弦索声,大小炮仗声,划拳歌呼声,点缀水面热闹。

常德县城本身也就类乎一只旱船,女作家丁玲,法律家戴修瓒,国学家余嘉锡,是这只旱船上长大的。较上游的河堤比城中高得多。涨水时水就到了城边,决堤时城四围便是水了。常德沿河的长街,街市上大小各种商铺,不下数千家,都与水手有直接关系。杂货店铺专卖船上用件及零用物,可说是它们全为水手而预备的。至如油盐、花纱、牛皮、烟草等等庄号,也可说水手是为它们而有的。此外如茶馆,酒馆和那经营最素朴职业的户口,水手没有它不成,它没水手更不成。

常德城内一条长街,铺子门面都很高大(与长沙铺子大同小异近于夸张),木料不值钱,与当地建筑大有关系。地方滨湖,河堤另一面多平田泽地,产鱼虾、莲藕,因此鱼栈莲子栈延长了长街数里。多清真教门,因此牛肉特别肥鲜。

常德沿沅水上行九十里,才到桃源县,再上行二十五里,方到桃源洞。千年前武陵渔人如何沿溪走到桃花源,这路线尚无好事的考古家说起。现在想到桃源访古的风雅人,大多数只好坐公共汽车去,到过了桃源,兴趣也许在彼而不在此,留下印象较深刻的东西,不是那个传说的洞穴,倒是另外一些传说所不载的较新洞穴。在桃源县想看到老幼黄发垂髫,怡然自乐的光景,并不容易。不过或者因为历史的传统,地方人倒很和气,保存一点古风。也知道欢迎客人,杀鸡作黍,留客住宿。虽然多少得花点钱,数目并不多。可是一个旅行者应当知道,这些人赠送游客的礼物,有时不知不觉太重了点,最好倒是别大意,莫好奇,更不要因为记起宋玉所赋的高唐神女,刘晨阮肇天台所遇的仙女,想从经验中去证实故事。换言之,不妨学个"老江湖",少生事!当地纵多神女仙女,可并不是为外来读书人游客预备的,沅水流域的木竹簰商人是唯一受欢迎者。好些极大的木竹簰,到桃源后不久就无影无踪不见了,照俚话所说,是"进了桃源的洞穴"的。

政治家宋教仁,老革命党覃振,同是桃源县人。桃源县有个省立第二女子师范学校,五四运动谈男女解放平等,最先要求男女同校,且实现它,就是这个学校的女学生。

沅 陵 的 人

由常德到沅陵,一个旅行者在车上的感触,可以想象得到,第一是公路上并无苗人,第二是公路上很少听说发现土匪。

公路在山上与山谷中盘旋转折虽多,路面却修理得异常良好,不问晴雨都无妨车行。公路上的行车安全的设计,可看出负责者的最大努力。旅行的很容易忘了车行的危险,乐于赞叹自然风物的美秀。在自然景致中见出宋院画的神采奕奕处,是太平铺过河时入目的光景。溪流萦回,水清而浅,在大石细沙间漱流。群峰竞

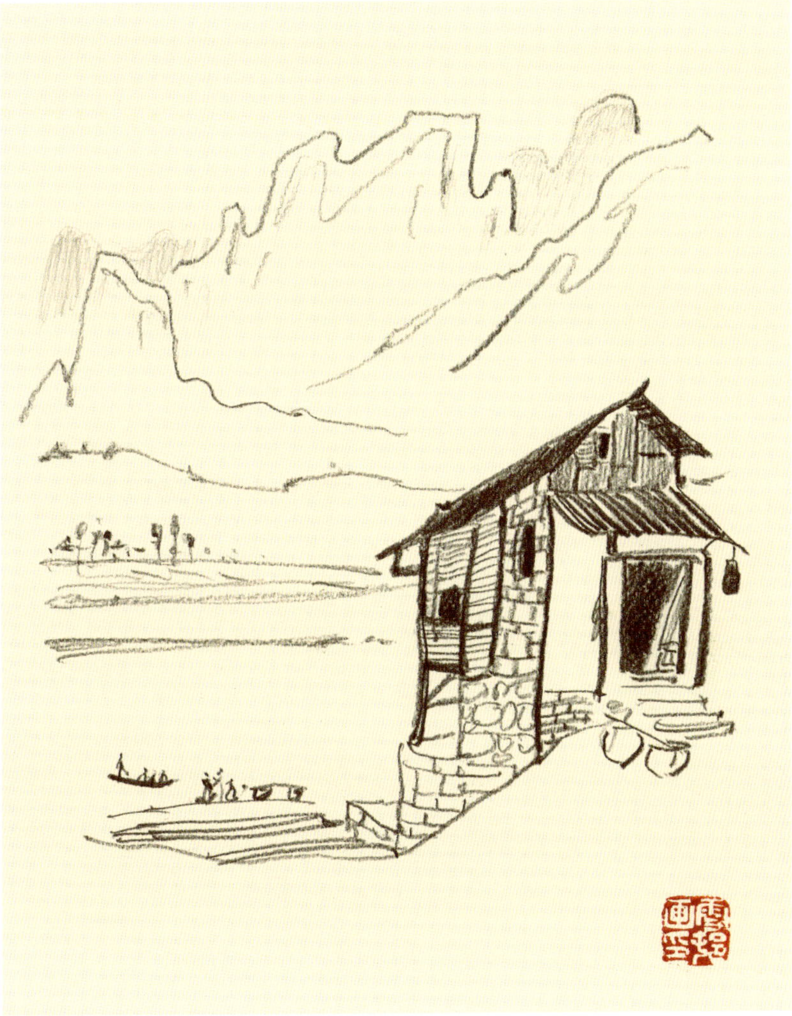

秀,积翠凝蓝,在细雨中或阳光下看来,颜色真无可形容。山脚下一带树林,一些俨如有意为之布局恰到好处的小小房子,绕河洲树林边一湾溪水,一道长桥,一片烟。香草山花,随手可以掇拾。《楚辞》中的山鬼、云中君,仿佛如在眼前。上官庄的长山头时,一个山接一个山,转折频繁处,神经质的妇女与懦弱无能的男子,会不免觉得头目晕眩。一个常态的男子,便必然对于自然的雄伟表示赞叹,对于数年前裹粮负水来在这高山峻岭修路的壮丁,更表示敬仰和感谢。这是一群没灭无闻沉默不语真正的战士!每一寸路都是他们流汗作成的。他们有的从百里以外小乡村赶来,沉沉默默的在派定地方担土,打石头,三五十人躬着腰肩共同拉着个大石滚子碾压路面,淋雨,挨饿,忍受各式各样虐待,完成了分派到头上的工作。把路修好了,眼看许多许多的各色各样希奇古怪的物件吼着叫着走过了,这些可爱的乡下人,知道事情业已办完,笑笑的,各自又回转到那个想象不到的小乡村里过日子去了。中国几年来一点点建设基础,就是这种无名英雄作成的。他们什么都不知道,可是所完成的工作却十分伟大。

单从这条公路的坚实和危险工程看来,就可知道湘西的民众,是可以为国家完成任何伟大理想的。只要领导有人,交付他们更困难的工做,也可望办得很好。

看看沿路山坡桐茶树木那么多,桐茶山整理那么完美,我们且会明白这个地方的人民,即或无人领导,关于求生技术,各凭经验在不断努力中,也可望把地面征服,使生产增加。

只要在上的不过分苛索他们,鱼肉他们,这种勤俭耐劳的人民,就不至于铤而走险发生问题。可是若到任何一个停车处,试同附近乡民谈谈,我们就知道那个"过去"是种什么情形了。任何捐税,乡下人都有一分,保甲在糟蹋乡下人这方面的努力,成绩真极可观!然而促成他们努力的动机,却是照习惯把所得缴一半,留一半。然而负责的注意到这个问题时,就说"这是保甲的罪过",从不认为是当政的耻辱。负责者既不知如何负责,因此使地方进步永远成为一种空洞的理想。

然而这一切都不妨说已经成为过去了。

车到了官庄交车处,一列等候过山的车辆,静静的停在那路旁空阔处,说明这公路行车秩序上的不苟。虽在军事状态中,军用车依然受公路规程辖制,不能占先通过,此来彼往,秩序井然。这条公路的修造与管理统由一个姓周的工程师负责。

车到了沅陵,引起我们注意处,是车站边挑的,抬的,负荷的,推挽的,全是女子。凡其他地方男子所能做的劳役,在这地方统由女子来作。公民劳动服务也还是这种女人。公路车站的修成,就有不少女子参加。工作既敏捷,又能干。女权运动者在中国二十年来的运动,到如今在社会上露面时,还是得用"夫人"名义来号召,并不以为可羞。而且大家都集中在大都市,过着一种腐败生活。比较起这种女劳动者把流汗和吃饭打成一片的情形,不由得我们不对这种人充满尊敬与同情。

这种人并不因为终日劳作就忘记自己是个妇女,女子爱美的天性依然还好好保存。胸口前的扣花装饰,裤脚边的扣花装饰,是劳动得闲在茶油灯光下做成的。(围裙扣花工作之精和设计之巧,外路人一见无有不交口称赞。)这种妇女日常工作虽不轻松,衣衫却整齐清洁。有的年纪已过了四十岁,还与同伴竞争兜揽生意。两角钱就为客人把行李背到河边渡船上,跟随过渡,到达彼岸,再为背到落脚处。外来人到河码头渡船边时,不免十分惊讶,好一片水!好一座小小山城!尤其是那一排渡船,船上的水手,一眼看去，几乎又全是女子。过了河，进得城门，向长街走走，就可见到卖菜的、卖米的、开铺子的、做银匠的，无一不是女子。再没有另一个地方女子对于参加各种事业，各种生活，做得那么普遍，那么自然了。看到这种情形时，真不免令人发生疑问：一切事几几乎都由女子来办，如《镜花缘》一书上的女儿国现象了。本地方的男子，是出去打仗，还是在家纳福看孩子？

不过一个旅行者自觉已经来到辰州时，兴味或不在这些平常问题上。辰州地方是以辰州符驰名的，辰州符的传说奇迹中又以赶尸著闻。公路在沅水南岸，过北岸城里去，自然盼望有机会弄明白一下这种老玩意儿。

可是旅行者这点好奇心会受打击，多数当地人对于辰州符都莫名其妙，且毫无兴趣，也不怎么相信。或许无意中会碰着一个"大"人物，体魄大，声音大，气派也好像很大。他不是姓张，就是姓李，（他应当姓李！）会告你辰州符的灵迹，就是用刀把一只鸡颈脖扎断，把它重新接上，噀一口符水，向地下抛去，这只鸡即刻就会跑去，撒一把米到地上，这只鸡还居然赶回来吃米！你问他："这事曾亲眼见过吗？"他一定说："当真是眼见的事。"或许慢慢的想一想,你便也会觉得同样是在什么地方亲眼见过这件事了。原来五十年前的什么书上,就这么说过的。这个大人物是当地著名会说大话。世界上事什么都好像知道得清清楚楚,只不大知道自己说话是假的还是真的?是书上有的,还是自己造作的?多数本地人对于"辰州符"是个什么东西,照例都不大明白的。

对于赶尸传说呢?说来实在动人。凡受了点新教育,血里骨里还浸透原人迷信的新绅士,想满足自己的荒唐幻想,到这个地方来时,总有机会温习一下这种传说。绅士,学生,旅馆中人,俨然因为生在当地,便负了一种不可避免的义务,又如为一种天赋幽默同情心所激发,总要把它的神奇处重述一番。或说朋友亲戚曾亲眼见过这种事情,或说曾有谁被赶回来。其实他依然和客人一样,并不明白,也不相信,客人不提起,他是从不注意这个问题的。客人想"研究"它(我们想得出有许多人是乐于研究它的),最好还是看《奇门遁甲》,这部书或者对他有一点帮助,本地人可不会给他多少帮助。本地人虽乐于答复这一类傻不可言的问题,却不能说明这事情的真实性。就中有个"有道之士",姓阙,当地人通称之为阙五老,年纪将近六十岁,谈天时精神犹如一个小孩子。据说十五岁时就远走云贵,跟名师学习过这门法术。作法时口诀并不希奇,不过是念文天祥的《正气歌》罢了。死人能走动便受这种歌词的影响。辰州符主要的工具是一碗水;这个有道之士家中神主前便陈列了那么一碗水,据说已经有了三十五年,碗里水减少时就加添一点。一切病痛统由这一碗水解决。一个死尸的行动,也得用水迎面的噀,这水且能由浑浊与沸腾表示预兆,有人需要帮忙或家事吉凶的预兆。登门造访者若是一个读书人,一个教授,他把这一碗水的妙用形容得将更惊心动魄。使他舌底翻莲的原因,或者是他自己十分寂寞,或者是对于客人具有天赋同情,所以常常把书上没有的也说到了。客人要老老实实发问:"五老,那你看过这种事了?"他必装作很认真神气说:"当然的。我还亲自赶过!那是我一个亲戚,在云南做官,死在任上,赶回湖南,每天为死者换新草鞋三双。到得湖南时,死人脚趾头全走脱了。只是功夫不练就不灵,早丢下了。"至于为什么把它丢下,可不说明。客人目的在表演,主人用意在故神其说,末后自然不免使客人失望。不过知道了这玩意儿是读《正气歌》作口诀,同儒家居然有关系时,也不无所得。关于赶尸的传说,这位有道之士可谓集其大成,所以值得找方便去拜访一次,他的住处在上西关,一问即可知道。可是一个读书人也许从那有道之士服尔泰①风格的微笑,服尔泰风格的言谈,会看出另外一种无声音的调笑,"你外来的书呆子,世界上事你知道许多,可是书本不说,另外还有许多就不知道了。用《正气歌》赶走了死尸,你充满好奇的关心,你这个活人,是被什么邪气歌赶到我这里来?"那时他也许正坐在他的杂货铺里面(他是隐于医与商的),忽然用手指着街上一个长头发的男子说:"看,疯子!"那真是个疯子,沅陵地方唯一的疯子。可是他的语气也许指的是你拜访者。你自己试想想看,为了一种流行多年的荒唐传说,充满了好奇心来拜访一个透熟人生的人,问他死了的人用什么方法赶上路,你用意说不定还想拜老师,学来好去外国赚钱出名,至少也弄得哲学博士回国,在他饱经世故的眼中,你和疯子的行径有多少不同!

　　这个人的言谈,倒真是一种杰作,三十年来当地的历史,在他记忆中保存得完完全全,说来时庄谐杂陈,实在值得一听。尤其是对于当地人事所下批评,尖锐透入,令人不由得不想起法国那个服

---

① 即伏尔泰。法国启蒙思想家、作家、哲学家。

尔泰。

至于辰砂的出处,出产地离辰州地还远得很,远在凤凰县的苗乡猴子坪。

凡到过沅陵的人,在好奇心失望后,依然可从自然风物的秀美上得到补偿。由沅陵南岸看北岸山城,房屋接瓦连檐,较高处露出雉堞,沿山围绕;丛树点缀其间,风光入眼,实不俗气。由北岸向南望,则河边小山间,竹园,树木,庙宇,居民,仿佛各个都位置在最适当处。山后较远处群峰罗列,如屏如障,烟云变幻,颜色积翠堆蓝。早晚相对,令人想象其中必有帝子天神,驾螭乘蜺,驰骤其间。绕城长河,每年三四月春水发后,洪江油船颜色鲜明,在摇橹歌呼中连翩下驶。长方形大木筏,数十精壮汉子,各据筏上一角,举桡激水,乘流而下。就中最令人感动处,是小船半渡,游目四瞩,俨然四围是山,山外重山,一切如画。水深流速,弄船女子,腰腿劲健,胆大心平,危立船头,视若无事。同一渡船,大多数都是妇人,划船的是妇女,过渡的也妇女较多,有些卖柴卖炭的,来回跑五六十里路,上城卖一担柴,换两斤盐,或带回一点红绿纸张同竹篾作成的简陋船只,小小香烛。问她时,就会笑笑的回答:"拿回家去做土地会。"你或许不明白土地会的意义,事实上就是酬谢《楚辞》中提到的那种云中君——山鬼。这些女子一看都那么和善,那么朴素,年纪四十以下的,无一不在胸前土蓝布或葱绿布围裙上绣上一片花,且差不多每个人都是别出心裁,把它处置得十分美观,不拘写实或抽象的花朵,总那么妥帖而雅相。在轻烟细雨里,一个外来人眼见到这种情形,必不免在赞美中轻轻叹息,天时常常是那么把山和水和人都笼罩在一种似雨似雾使人微感凄凉的情调里,然而却无处不可以见出"生命"在这个地方有光辉的那一面。

外来客自然会有个疑问发生:这地方一切事业女人都有份,而且像只有"两截穿衣"的女子有份,男子到那里去了呢?

在长街上我们固然时常可以见到一对少年夫妻,女的眉毛俊秀,鼻准完美,穿浅蓝布衣,用手指粗银链系扣花围裙,背小竹笼。男的身长而瘦,英武爽朗,肩上扛了各种野兽皮向商人兜卖。令人一见十分感动。可是这种男子是特殊的。

男子大部分都当兵去了。因兵役法的缺憾,和执行兵役法的中间层保甲制度人选不完善,逃避兵役的也多,这些壮丁抛下他的耕牛,向山中走,就去当匪。匪多的原因,外来官吏苛索实为主因。

乡下人照例都愿意好好活下去,官吏的老式方法居多是不让他们那么好好活下去。乡下人照例一入兵营就成为一个好战士,可是办兵役的却觉得如果人人都乐于应兵役,就毫无利益可图。土匪多时,当局另外派大部队伍来"维持治安",守在几个城区,别的不再过问。土匪得了相当武器后,在报复情绪下就是对公务员特别不客气,凡搜刮过多的外来人,一落到他们手里时,必然是先将所有的得到,再来取那个"命"。许多人对于湘西民或匪都留下一个特别蛮悍嗜杀的印象,就由这种教训而来。许多人说湘西有匪,许多人在湘西虽遇匪,却从不曾遭遇过一次抢劫,就是这个原因。

一个旅行者若想起公路就是这种蛮悍不驯的山民或土匪,在烈日和风雪中努力作成的,乘了新式公共汽车由这条公路经过,既感觉公路工程的伟大结实,到得沅陵时,更随处可见妇人如何认真称职,用劳力讨生活,而对于自然所给的印象,又如此秀美,不免感慨系之。这地方神秘处原来在此而不在彼。人民如此可用,景物如此美好,三十年来牧民者来来去去,新陈代谢,不知多少,除认为"蛮悍"外,竟别无发现。外来为官作宦的,回籍时至多也只有把当地久已消灭无余的各种画符捉鬼荒唐不经的传说,在茶余酒后向陌生者一谈。地方真正好处不会欣赏,坏处不能明白。这岂不是湘西的另外一种神秘?

沅陵算是个湘西受外来影响较久较大的地方,城区教会的势力,造成一批吃教饭的人物,蛮悍性情因之消失无余,代替而来的或许是一点青年会办事人的习气。沅陵又是沅水几个支流货物转口处,商人势力较大,以利为归的习惯,也自然很影响到一些人的打算行为。沅陵位置在沅水流域中部,就地形言,自为内战时代必争之地,因此麻阳县的水手,一部分登陆以后,便成为当地有势力的小贩,凤凰县屯垦子弟兵官佐,留下住家的,便成为当地有产业的客居者。慷慨好义,负气任侠,楚人中这类古典的热诚,若从当地人寻觅无着时,还可从这两个地方的男子中发现。一个外来人,在那山城中石板作成的一道长街上,会为一个矮小、瘦弱,眼睛又不明,听觉又不聪,走路时匆匆忙忙,说话时结结巴巴,那么一个平常人引起好奇心。说不定他那时正在大街头为人排难解纷,说不定他的行为正需要旁人排难解纷!他那样子就古怪,神气也古怪。一切像个乡下人,像个官能为嗜好与毒物所毁坏,心灵又十分平凡的人。可是应当找机会去同他熟一点,谈谈天。应当想办法更熟一点，跟他向家里走。（他的家在一个山上。那房子是沅陵住房地位最好，花木最多的。）如此一来，结果你会接触一点很新奇的东西，一种混合古典热诚与近代理性在一个特殊环境特殊生活里培养成的心灵。你自然会"同情"他，可是最好倒是"赞美"他。他需要的不是同情，因为他成天在同情他人，为他人设想帮忙尽义务，来不及接收他人的同情。他需要人"赞美"，因为他那种古典的作人的态度，值得赞美。同时他的性情充满了一种天真的爱好，他需要信托，为的是他值得信托。他的视觉同听觉都毁坏了，心和脑可极健全。凤凰屯垦兵子弟中出壮士，体力胆气两方面都不弱于人。这个矮小瘦弱的人物，虽出身世代武人的家庭中，因无力量征服他人，失去了作军人的资格。可是那点有遗传性的军人气概，却征服了他自己，统制自己，改造自己，成为沅陵县一个顶可爱的人。他的名字叫做"大老爷"，或"大大"①，一个古怪到家的称呼。商人，妓女，屠户，教会中的牧师和医生，都这样称呼他。到沅陵去的人，应当认识认识这位大老爷。

---

① 系作者大哥沈云六。

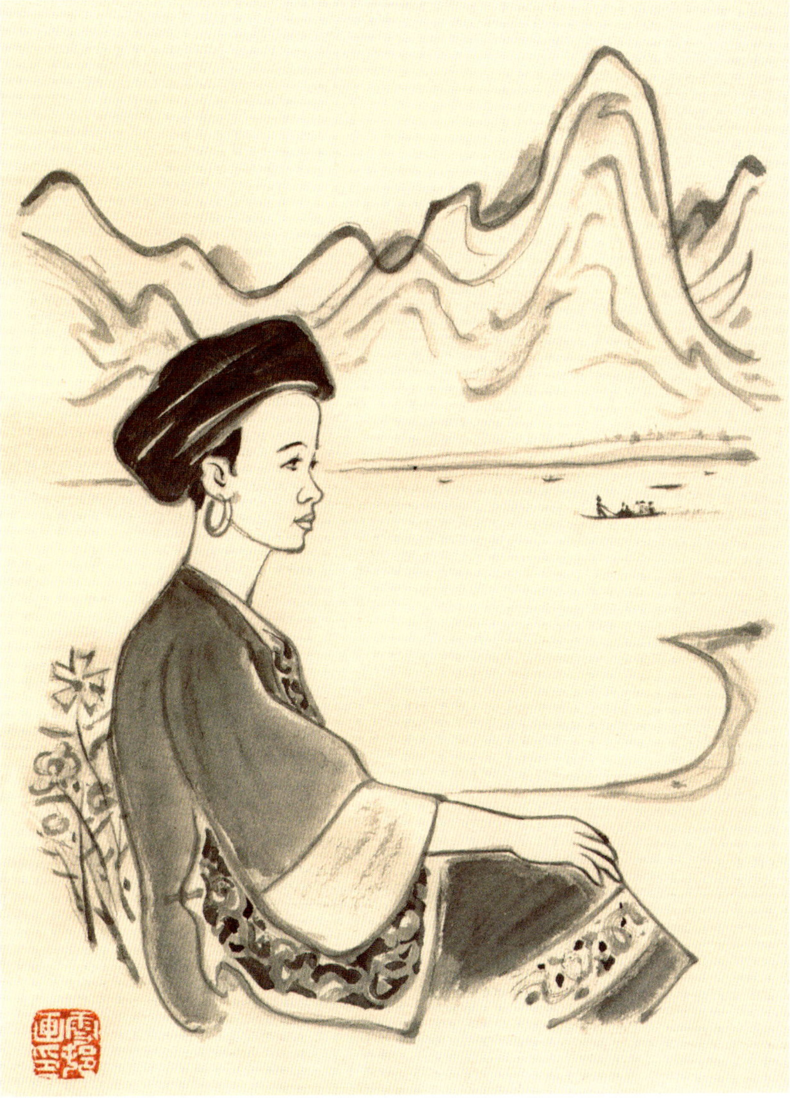

沅陵县沿河下游四里路远近,河中心有个洲岛,周围高三四合,名"合掌洲",名目与情景相称。洲上有座庙宇,名"和尚洲",也还说得去。但本地的传说,却以为是"和涨洲",因为水涨河面宽,淹不着,为的是洲随河水起落!合掌洲有个白塔,由顶到根雷劈了一小片,本地人以为奇,并不足奇。河北岸村名黄草尾,人家多在橘柚林里,橘子树白华朱实,宜有小腰白齿出于其间。一个种菜园的周家,生了四个女儿,最小的一个四妹,人都呼为夭妹,年纪十七岁,许了个成衣店学徒,尚未圆亲。成衣店学徒积蓄了整年工钱,打了一副金耳环给夭妹,女孩子就戴了这副金耳环,每天挑菜进东门城卖菜,因为性格好繁华,人长得风流波俏,一个东门大街的人都知道卖菜的周家夭妹。

因此县里的机关中办事员,保安司令部的小军佐,和商店中小开,下黄草尾玩耍的就多起来了。但不成,肥水不落外人田,有了主子。可是"人怕出名猪怕壮",夭夭的名声传出去了,水上划船人全都知道周家夭夭。去年(二十六年)冬天一个夜里,忽然来了四百武装喽啰攻打沅陵县城,在城边响了一夜枪,到天明以前,无从进城,这一伙人依然退走了。这些人本来目的也许就只是在城外打一夜枪。其中一个带队的称团长,却带了兄弟伙到夭妹家里去拍门。进屋后别的不要,只把这女孩子带走。

女孩子虽又惊又怕,还是从容的说:"你抢我,把我箱子也抢去,我才有衣服换!"

带到山里去时那团长问:"夭夭,你要死,要活?"

女孩子想了想,轻声的说:"要死,你不会让我死。"

团长笑了:"那你意思是要活了!要活就嫁我,跟我走。我把你当官太太,为你杀猪杀羊请客,我不负你。"

女孩子看看团长,人物实在英俊标致,比成衣店学徒强多了,就说:"人到什么地方都是吃饭。我跟你走。"

于是当天就杀了两个猪,十二只羊,一百对鸡鸭,大吃大喝大热闹,团长和夭妹结婚。女孩子问她的衣箱在什么地方,待把衣箱取来打开一看,原来全是预备陪嫁的!英雄美人,可谓美满姻缘。过三天后,那团长就派人送信给黄草尾种菜的周老夫妇,称岳父岳母,报告夭妹安好,不用挂念。信还是用红帖子写的,词句华而典,师爷的手笔。还同时送来一批礼物!老夫妇无话可说,只苦了成衣店那个学徒,坐在东门大街一家铺子里,一面裁布条子做纽绊,一面垂泪。

这也可说是沅陵县人物之一型。

至于住城中的几个年高有德的老绅士,那倒正像湘西许多县城里的正经绅士一样,在当地是很闻名的,庙宇里照例有这种名人写的屏条,名胜地方照例有他们题的诗词。儿女多受过良好教育,在外做事。家中种植花木,蓄养金鱼和雀鸟,门庭规矩也很好。与地方关系,却多如显克微支在他《炭画》那本书里所说的贵族,凡事取"不干涉主义"。因为名气大,许多不相干的捐款,不相干的公事,不相干的麻烦,不会上门。乐得在家纳福,不求闻达,所以也不用有什么表现。对于生活劳苦认真,既不如车站边负重妇女,生命活跃,也不如卖菜的周家幺妹,然而日子还是过得很好,这就够了。

由沅水下行百十里到沅陵属边境地名柳林岔,——就是湘西出产金子,风景又极美丽的柳林岔。那地方过去一时也有个人,很有意思。这个人据说母亲貌美而守寡,住在柳林岔镇上。对河高山上有个庙,庙中住下一个青年和尚,诚心苦修。寡妇因爱慕和尚,每天必借烧香为名去看看和尚,二十年如一日。和尚诚心修苦,不作理会,也同样二十年如一日。儿子长大后,慢慢的知道了这件事。儿子知道后,不敢规劝母亲,也不能责怪和尚,唯恐母亲年老眼花,一不小心,就会堕入深水中淹死。又见庙宇在一个圆形峰顶,攀援实在不容易。因此特意雇定一百石工,在临河悬岩上开辟一条小路,仅可容足,更找一百铁工,制就一条粗而长的铁链索,固定在上面,作为援手工具。又在两山间造一拱石头桥,上山顶庙里时就可省一大半路。这些工作进行时自己还参加,直到完成。各事完成以后,这男子就出远门走了,一去再也不回来了。

这座庙,这个桥,濒河的黛色悬崖上这条人工凿就的古怪道路,路旁的粗大铁链,都好好的保存在那里,可以为过路人见到。凡上行船的纤手,还必需从这条路把船拉上滩。船上人都知道这个故事。故事虽还有另一种说法,以为一切都是寡妇所修的,为的是这寡妇……总之,这是一个平常人为满足他的某种愿心而完成的伟大工程。这个人早已死了,却活在所有水上人的记忆里。传说和当地景色极和谐,美丽而微带忧郁。

沅水由沅陵下行三十里后即滩水连接,白溶、九溪、横石、青浪,……就中以青浪滩最长,石头最多,水流最猛。顺流而下时,四十里水路不过二十分钟可完事,上行船有时得一整天。

青浪滩滩脚有个大庙,名伏波宫,敬奉的是汉老将马援。行船人到此必在庙里烧纸献牲。庙宇无特点,不出奇。庙中屋角树梢栖息的红嘴红脚小小乌鸦,成千累万,遇下行船必飞往接船送船,船上人把饭食糕饼向空中抛去,这些小黑鸟就在空中接着,把它吃了。上行船可照例不光顾。虽上下船只极多,这小东西知道向什么船可发利市,什么船不打抽丰。船夫传说这是马援的神兵,为迎接船只的神兵,照老规矩,凡伤害的必赔一大小相等银乌鸦,因此从不会有人敢伤害它。

几件事都是人的事情。与人生活不可分,却又杂糅神性和魔性。湘西的传说与神话,无不古艳动人。同这样差不多的还很多。湘西的神秘,和民族性的特殊大有关系。历史上楚人的幻想情绪,必然孕育在这种环境中,方能滋长成为动人的诗歌。想保存它,同样需要这种环境。

白河流域几个码头

白河便是历史上知名的酉水。白河到沅陵与沅水汇流后，便略显浑浊，有出山泉水的意思。若溯流而上，则三丈五丈的深潭清澈见底。深潭中为白日所映照，河底小小白石子，有花纹的玛瑙石子，全看得明明白白。水中游鱼来去，皆如浮在空气里。两岸多高山，山中多可以造纸的细竹，长年作深翠颜色，逼人眼目。近水人家多在桃杏花里，春天时只需注意，凡有桃花处必可沽酒。夏天则晒晾在日光下耀目的紫花布衣袴,可以作为人家所在的旗帜。秋冬来时,房屋在悬崖上的,滨水的,无不朗然入目,黄泥的墙,乌黑的瓦,位置却永远那么妥贴,且与四围环境极其调和,使人得到的印象非常愉快。

(引自《边城》)

由沅陵沿白河上行三十里名"乌宿",地方风景清奇秀美,古木丛竹,濒水极多。传说中的大酉洞即在附近。洞中高大宏敞,气象万千。但比起凤凰苗乡中的齐梁洞,内中平坦能容避难的人一万以上,就可知道大酉洞其所以著名,或系邻近开化较早的沅陵所致。白河中山水木石最美丽清奇的码头,应数王村,属永顺县管辖,且为永顺县货物出口地方。夹河高山,壁立拔峰。竹木青翠,岩石黛黑。水深而清,鱼大如人。河岸两旁黛色庞大石头上,在晴朗冬天里,尚有野莺画眉鸟,从山谷中竹篁里飞出来,休息在石头上晒太阳,悠然自得哢唱悦耳的曲子,直到有船近身时,方从从容容一齐向林中飞去。水边还有许多不知名水鸟,身小轻捷,活泼快乐,或颈脖极红,如缚上一条彩色带子,或尾如扇子,花纹奇丽,鸣声都异常清脆。白日无事,平潭静寂,但见小渔船船舷船顶站满了沉默黑色鱼鹰,缓缓向上游划去。傍山作屋,重重叠叠,如堆蒸糕,入目景象清而壮。一派清芬的影响,本县老诗人向伯翔的诗,因之也见得异常清壮。

白河多滩,凤滩、茨滩、绕鸡笼、三门、驼碑五个滩最著名。弄船人有两个口号:"凤滩茨滩不为凶,上面还有绕鸡笼。"上行船到两大滩时,有时得用两条竹纤,在两岸拉挽,船在河中小小溶口破浪逆流上行。绕鸡笼因多曲折石坎,下行船较麻烦,一不小心撞触河床中的大石,即成碎片,船上人必藉船板浮沉到下游三五里方能得救。三门附近山道名白鸡关,石壁插云,树身大如桌面,茅草高至二丈五尺以上。山中出虎豹,大白天可听到虎吼。

由三门水行七十里,到保靖县(过白鸡关陆行只有四十余里)。保靖是酉水流域过去土司之一所在地。酉水流域多洞穴,保靖濒河两个洞为最美丽知名。一在河南,离县城三里左右,名石楼洞。临长河,据悬崖,对河一山山上老松数列,错落布置,十分自然。景物清疏,有渐江和尚①画意。但洞穴内多人工铺排,并无可

---

① 即僧弘仁,字渐江,清初画家,笔墨瘦劲简洁,风格冷峭。

观。一在河北大山下面,和县城相对,名狮子洞。洞被庙宇掩着,庙宇又被老树大竹古藤掩着。洞口并不十分高大,进到里面去后,用火燎高照,既不见边,也不见顶,才看出这洞穴何等宏敞阔大,令人吃惊。四面石壁白润如玉,地下铺满白色细砂。洞中还另有一小小天然道路,可上升到一个石屋里去。道路踏脚处带朱砂红斑,颜色极鲜艳。石屋中有石床石桌,似为昔日方士修炼住处。蝙蝠展翅约一尺长大,不知从何处求食。洞中既宽阔,又黑暗,必用五三个火燎烛照,由庙中人引导,视火燎燃到三分之二后,即寻路外出,不然恐迷路不易走出。火燎用枯竹枝作成,由守庙道士出卖给游洞者,点燃时枯竹枝在洞中爆炸,声音如枪响,如大雷公鞭炮响。洞中夏天有一小小泉水,水味甘美。水中还有小小鱼虾,到冬天时仅一空穴,鱼虾亦不知去处。

近城大山名杀鸡坡,一眼看去,山并不如何高大,但山下人有人上山时杀一鸡,等待人到山顶,山下人的鸡在锅中已熟了。因此名叫杀鸡坡。对河亦有一大山,名野猪坡,出野猪。坡上土地丛林和洞穴,为烧山种田人同野兽大蛇所割据。一到晚上,虎豹就傍近种田开山人家来吃小猪,从被咬去的小猪锐声叫喊里可以知道虎豹走去的方向。这大虫有时在大白天也昂头一吼，山谷响应许久。

种田人因此常常拿了刀矛火器，种种家伙，往树林山洞中去寻觅，用绳网捕捉大蛇，用毒烟设陷阱猎捕野兽。岭上最多的还是集群结伙蹂躏农产物成癖的野猪，喜欢偷吃山田中包谷白薯，为山民真正仇敌。正因为这个损害庄稼的仇敌太多，岭上人打锣击鼓猎野猪的事，也就成为一种常有的仪式，常有的娱乐了。

本地出好梨，皮色淡赭，味道香而甜，名"洋冬梨"，皮较厚韧，因此极易保藏。产材质坚密的黄杨木，乡下人常常用绳索系身，悬空下垂到溪谷绝壁间，把黄杨木从高崖上砍下，每段锯成两尺长短，背负入城找求售主，同卖柴一样。碗口大的木料，在本地人眼中看来，十分平常。这种良好木材，照当地人习惯，多用来作筷子和天九牌。需要多，供给少，所以一部分就用柚子木充数。出大头菜，比龙山的略差。湘西大头菜应当数接近鄂西的边县龙山最好，颜色金黄，味道甜而香。出好茶叶，和邻近山城那个古丈县的茶叶比较，味道略淡。然而清醇之中，别有一种芬馥之气。陈家茶园在湘西实得风气之先，出品佳美，可惜数量不多，无从外运。

永绥县①离保靖四十五里。保靖县苗人居住较少。永绥县却大部分是苗人。逢场时交易十分热闹,猪、牛、羊、油、盐、铁器和农具,以至于一段木头,一根竹子,一个石臼,一撮火绒,无不可以买卖。大场坪中百物杂陈,五色缤纷,可谓奇观。石宏规是本县苗民中优秀分子之一,对苗民教育极热心,对苗民问题极熟习。一个大学毕业生,作了几次县长。

三个县份清中叶还由土司统治,土司既由世袭,永顺的姓向,保靖的姓彭,永绥的姓宋,到如今这三姓还为当地巨族。土司的统治已成过去,统治方法也不可考究了,除了许多大土堆通称土司坟,但留下一个传说尚能刺激人心,就是作土司的,除同宗外,对于此外任何人新婚都保有"初夜权",新妇应当送到土司府留下三天,代为除邪气,方能发还。也许就是这种原因,三姓方成为本地巨族。土司坟多,与《三国演义》曹操七十二个疑塚不无关系,与初夜权执行也有关系。

白河上游商业较大,水码头名"里耶"。川盐入湘,在这个地

---

① 即今花垣。

方上税。边地若干处桐油,都在这个码头集中。

站在里耶河边高处,可望川湘鄂三省接壤的八面山,山如一个桶形,周围数百里,四面陡削悬绝,只一条小路可以上下。上面一坦平阳,且有很好泉水,出产好米和杂粮,住了约一百户人家。若将两条山路塞断即与一切隔绝,俨然别有天地。过去二十年常为落草大王盘据,不易攻打。惟上面无盐,所以不易久守。

白河上游分支数处,其一到龙山。龙山出好大头菜。山水清寒,鱼味旨美,六月不腐。水源出鄂西。其一河源在川东,湖南境到茶峒为止。因为这是湖南境最后一个水码头,小虽小,还有意思。这地方事实上虽与人十分陌生,可是说起来又好像十分熟习。这是从一个小说上摘引下来的。白河流域像这样的地方,似乎不止一处。

凭水倚山筑城,近山的一面,城墙如一条长蛇,缘山爬去。临水一面则在城外河边留出余地设码头,湾泊小小篷船,船下行时运桐油,青盐,染色用的倍子。上行则运棉花,棉纱,以及布匹杂货同海味。贯串各个码头有一条河街,人家房子多一半着陆,一半在水,因为余地有限,那些房子莫不设吊脚楼。河中涨了春水,到水进街后,河街上人家,便各用长长的梯子,一端搭在房檐口,一端搭在城墙上,人人皆骂着嚷着,带了包袱、铺盖、米缸,从梯子上爬进城里去,水退时方又从城门口出城。水落特别猛一些,沿河吊脚楼,必有一处两处为水冲去,大家只在城头上呆望,受损失的也同样呆望,对于所受损失仿佛无话可说,与在自然安排下眼见其他无可挽救的不幸来时相似。涨水时在城上还可望着骤然展宽的河面,流水浩浩荡荡,随同山水从上流浮沉而来的有房子、牛、羊、大树。于是在水势较缓处税关趸船前面,便常常有人驾了小舢板,一见河心浮沉而来的是一匹牲畜,一段小木,或一只空船,船上有一个妇人或小孩哭喊的声音,便急急的把船桨去。在下游一些迎着那个目的物,把它用长绳系定,再向岸边桨去。这些勇敢的人,也爱利,也好义,同一般当地人相似。不拘救人救物,却同样在一种愉快冒险行为中做得十分敏捷勇敢。

城外河街也有商人落脚的客店,坐镇不动的理发馆。此外饭店、杂货铺、油行、盐栈、花衣庄,莫不各有地位,装点了这条河街。还有卖船上檀木活车、竹缆与锅罐铺子,介绍水手职业吃码头饭的人家。小饭店门前,常有煎得焦黄的鲤鱼豆腐,身上装饰了红辣椒丝,卧在浅口钵头里,钵旁大竹筒中插着大把红筷子,不拘谁个愿意花点钱,这人就可以傍了门前长案坐下来,抽出一双筷子到手上,那边一个眉毛扯得极细脸上擦了白粉的妇人,就走来问:"要甜酒?要烧酒?"男子火焰高一点的,谐趣的,对内掌柜有点意思的,必装成生气似的说:"吃甜酒?又不是小孩,还问人吃甜酒!"那么,酽冽的烧酒,从大瓮里用木滤子舀出,倒进土碗里,即刻就来到身边案桌上了。

　　大都市随了商务发达而产生的某种寄食者,因为商人同水手的需要,这小小边城河街,也居然有那么一群人,聚集在一些有吊脚楼的人家。这种妇人穿了假洋绸的衣服,印花布的裤子,把眉毛扯成一条细线,大大的发髻上敷了香味极浓俗的油类,白日里无事,就坐在门口做鞋子,在鞋尖上用红绿丝线挑绣双凤,或靠在临河窗口看水手起货,听水手爬桅子唱歌。到了晚间,却轮流接待商人同水手,切切实实尽一个妓女应尽的义务。

由于边地的风俗淳朴，便是作妓女，也永远那么浑厚，遇不相熟的主顾，做生意时得先交钱，再关门撒野。人既相熟后，钱便在可有可无之间了。妓女多靠商人维持生活，但恩情所结，却多在水手方面。感情好的，互相咬着嘴唇咬着颈脖发了誓，约好了"分手后各人不许胡闹"。四十天或五十天，在船上浮着的那一个，同在岸上蹲着的这一个，便同样呆着打发这一堆日子，尽把自己的心紧紧的缚定远远的一个人。尤其是妇人，痴到无可形容，男子过了约定时间不回来，做梦时，就常常梦船拢了岸，那一个人摇摇荡荡的从船跳板到了岸上，直向身边跑来。或日中有了疑心，则梦里必见男子在桅上向另一方面唱歌，却不理会自己。性格弱一点儿的，接着就在梦里投河吞鸦片烟，强一点的便手执菜刀，直向那水手奔去。他们生活虽那么同一般社会疏远，但是眼泪与欢乐，在一种爱憎得失间，揉进了这些人生活里时，也便同另外一片土地另外一些人相似，全个身心为那点爱憎所浸透，见寒作热，忘了一切。（引自《边城》）

　　　　　　　三十年一月七日在昆明野外校改。

泸溪·浦市·箱子岩

由沅陵沿沅水上行，一百四十里到湘西产煤炭著名地方辰溪县。应当经过泸溪县，计程六十里，为当日由沅陵出发上行船一个站头，且同时是洞河（泸溪）和沅水合流处。再上六十里，名叫浦市，属泸溪县管辖，一个全盛时代业已过去四十年的水码头。再上二十里到辰溪县。即辰溪入沅水处。由沅陵到辰溪的公路，多在山中盘旋，不经泸溪，不经浦市。

在许多游记上，多载及沅水流域的中段，沿河断崖绝壁古穴居人住处的遗迹,赭红木屋或仓库,说来异常动人。倘若旅行者以为这东西值得一看,就应当坐小船去,这个断崖同沅水流域许多滨河悬崖一样,都是石灰岩作成的。这个特别著名的悬崖,是在泸溪浦市之间,名叫箱子岩。那种赭色木柜一般方形木器,现今还有三五具好好搁在崭削岩石半空石缝石罅间。这是真的原人住居遗迹,还是古代蛮人寄存骨殖的木柜,不得而知。对于它产生存在的意义,应当还有些较古的记载或传说,年代久,便遗失了。

下面称引的一点文字,是从我数年前一本游记上摘下的:

【泸溪】泸溪县城四面是山,河水在山峡中流去。县城位置在洞河与沅水汇流处,小河泊船贴近城边,大河泊船去城约三分之一里。(洞河通称小河,沅水通称大河。)洞河来源远在苗乡,河口长年停泊五十只左右小小黑色洞河船,弄船者有短小精悍的花帕苗,头包花帕,腰围裙子。有白面秀气的所里人,说话时温文尔雅,一张口又善于唱歌。洞河既水急山高,河身转折极多,上行船到此,已不适宜于借风使帆,凡入洞河的船只,到了此地,便把风帆约成一束,作上个特别记号,寄存于城中店铺里去,等待载货下行时,再来取用。由辰州开行的沅水商船,六十里为一大站,停靠泸溪为必然的事。浦市下行船若预定当天赶不到辰州,也多在此过夜。然而上下两个大码头把生意全已抢去,每天虽有若干船只到此停泊,小城中商业却清淡异常。沿大河一方面,一个青石码头也没有,船只停靠皆得在泥滩头与泥堤下。

到落雨天,冒着小雨,从烂泥里走进县城街上去。大街头江西人经营的布铺,铺柜中坐了白发皤然老妇人,庄严沉默如一尊古佛。大老板无事可作,只腆着肚皮,叉着两手,把脚拉开成为八字,站在门限边对街上檐溜出神。窄巷里石板砌成的行人道上,小孩子扛了大而朴质的雨伞,响着很寂寞的钉鞋声。若天气晴明,石头城恰当日落一方,雉堞与城楼都为夕阳落处的黄天,衬出明明朗朗的轮廓。每一个山头都镀上一片金,满河是橹歌浮动。就是这么一个小城中,却出了一个写"日本不足惧"的龙德柏先生。

【浦市】这是一个经过昔日的繁荣而衰败了的码头。三十年前是这个地方繁荣的顶点,原因之一是每月下省请领凤凰厅镇筸道守备兵那十四万两饷银,船只多到此为止,再由旱路将银子运去。请饷官和押运兵在当时是个阔差事,有钱花,会花钱。那时节沿河长街的油坊,尚常有三两千新油篓晒在太阳下。沿河七个用青石作成的码头,有一半皆停泊了结实高大的四橹五舱运油船。此外船只多从下游运来淮盐、布匹、花纱,以及川黔所需的洋广杂货。川黔边境由旱路来的朱砂、水银、苎麻、五倍子,莫不在此交货转载。木材浮江而下时,常常半个河面都是那种木筏。本地市面则出炮仗,出肥人,出肥猪。河面既异常宽平,码头又干净整齐。街市尽头为一长潭,河上游为一小滩,每当黄昏薄暮,落日沉入大地,天上暮云为落日余晖所烘炙,剩余一片深紫时,大帮货船从上而下,摇船人泊船近岸,在充满了薄雾的河面,浮荡在内昏景色中的催橹歌声,正是一种如何壮丽稀有的歌声!

如今一切都成过去了,沿河各码头,已破烂不堪。小船泊定的一个码头,一共有十二只船,除了有一只船载运了方柱形毛铁,一只船载辰溪烟煤,正在那里发签起货外,其他船只似乎已停泊了多日,无货可载。有几只船还在小桅上或竹篙上悬了一个用竹缆编成的圆圈,作为"此船出卖"的标志。

【箱子岩】那天正是五月十五,乡下人过大端阳节。箱子岩洞窟中最美丽的三只龙船,全被乡下人拖出浮在水面上。船只狭而长,船舷描绘有朱红线条,全船坐满了青年桡手,头腰各缠红布,鼓声起处,船便如一枝没羽箭,在平静无波的长潭中来去如飞。河身大约一里路宽,两岸皆有人看船,大声呐喊助兴。且有好事者从后山爬到悬岩顶上去,把百子鞭炮从高岩上抛下,尽鞭炮在半空中爆裂,嘭嘭嘭嘭的鞭炮声与水面船中锣鼓声相应和,引起人对于历史发生一种幻想,一点感慨。

两千年前那个楚国逐臣屈原,若本身不被放逐,疯疯颠颠来到这种充满了奇异光彩的地方,目击身经这些惊心动魄的景物,两千年来的读书人,或许就没有福分读《九歌》那类文章,中国文学史也就不会如现在的样子了。在这一段长长岁月中,世界上多少民族都已堕落了,衰老了,灭亡了。即如号称东亚大国的一片土地,也已经有过多少次被沙漠中的蛮族,骑了膘壮的马匹,手持强弓硬弩,长枪大戟,到处践踏蹂躏!

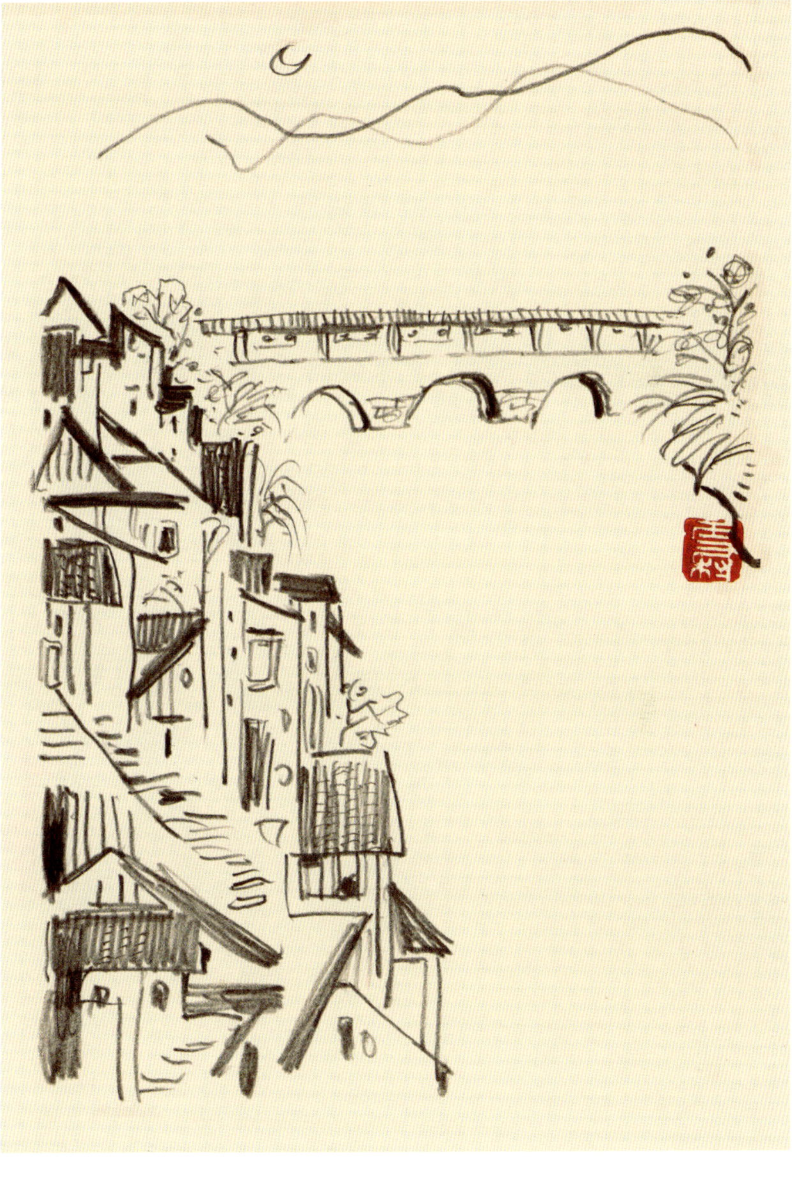

然而这地方的一切，虽在历史中也照样发生不断的杀戮，争夺，以及一到改朝换代时，派人民担负种种不幸命运，死的因此死去，活的被逼迫留发，剪发，在生活上受种种限制与支配。然而细细一想，这些人根本上又似乎与历史毫无关系。从他们应付生存的方法与排泄感情的娱乐上看来，竟好像今古相同，不分彼此。

日头落尽云影无光时，两岸渐渐消失在温柔暮色里。两岸看船人呼喝声越来越少。河面被一片紫雾笼罩，除了从锣鼓声中尚能辨别那些龙船方向，此外已别无所见。然而岩壁缺口处却人声嘈杂，且闻有小孩子哭声，有妇女尖锐叫唤声，综合给人一种悠然不尽的感觉。……

过了许久，那种锣鼓声尚在河面飘着，表示一班人还不愿意离开小船，回转家中。待到把晚饭吃过，爬出舱外一看，呀，好一轮圆月！月光下石壁同河面，一切都镀了银，已完全变换了一种调子。岩壁缺口处水码头边，正有人用废竹缆或油柴燃着火燎，火光下只见许多穿白衣人的影子移动。那些人正把酒食搬移上船，预备分派给龙船上人。原来这些青年人划了一整天船,看船的已散尽了,划船的还不尽兴,三只船还得在月光下玩个上半夜。

提起这件事,使人重新感到人类文字语言的贫俭,那一派声音,那一种情调,真不是用文字语言可以形容的。

这些人每到大端阳时节,都得下河玩一整天的龙船,平常日子却各个按照一种分定,很简单的把日子过下去。每日看过往船只摇橹扬帆来去,看落日同水鸟。虽然也有人事上的得失,到恩怨纠纷成一团时,就陆续发生庆贺或仇杀。然而从整个说来,这些人生活却仿佛同"自然"已相融合,很从容的各在那里尽其性命之理,与其他无生命物质一样,惟在日月升降寒暑交替中放射,分解。而且在这种过程中,人是如何渺小的东西,这些人比起世界上任何哲人,也似乎还更知道的多一点。

这些不辜负自然的人,与自然妥协,对历史毫无担负,活在这无人知道的地方。另外尚有一批人,与自然毫不妥协,想出种种方法来支配自然,违反自然的习惯,同样也那么尽寒暑交替,看日月升降。然而后者却在改变历史,创造历史。一分新的日月，行将消灭旧的一切。我们要用什么方法，就可以使这些人心中感觉一种"惶恐"，且放弃对自然和平的态度，重新来一股劲儿，用划龙船的精神活下去？这些人在娱乐上的狂热，就证明这种狂热使他们还配在世界上占据一片土地，活得更愉快更长久一些。但有谁来改造这些人的狂热到一件新的竞争方面去？（引自《湘行散记》）

这希望于浦市人本身是毫无结论的。

浦市镇的肥人和肥猪，既因时代变迁，已经差不多"失传"，问当地人也不大明白了。保持它的名称，使沅水流域的人民还知道有个"浦市"地方，全靠鞭炮和戏子。沅水流域的人遇事喜用鞭炮，婚丧事用它，开船上梁用它，迎送客人亲戚用它，卖猪买牛也用它。几乎无事不需要它。作鞭炮需要硝磺和纸张，浦市出好硝，又出竹纸。浦市的鞭炮很贱，很响，所以沅水流域鞭炮的供给，大多数就由浦市商店包办。浦市人欢喜戏，且懂戏。二八月农事起始或结束时，乡下人需要酬谢土地，同时也需要公众娱乐。因此常常有头行人出面敛钱集分子，邀大木傀儡戏班子唱歌。这种戏班子角色整齐，行头美好，以浦市地方的最著名。浦市镇河下游有三座塔，本地传说塔里有妖精住，传说实在太旧了，因为戏文中有水淹金山寺，然而正因为传说流行，所以这塔倒似乎很新。市镇对河有一个大庙，名江东寺。庙内古松树要五人连手方能抱住，老梅树有三丈高，开花时如一树绛雪，花落时藉地一寸厚。寺侧院竖立一座转轮藏，木头作的，高三四丈，上下用斗大铁轴相承。三五个人扶着有雕刻的木把手用力转动它时，声音如龙鸣，凄厉而绵长，十分动人。据记载是仿龙声制作的，半夜里转动它时，十里外还可听得清清楚楚。本地传说天下共有三个半转轮藏，浦市占其一。庙宇还是唐朝黑武士尉迟敬德建造的。就建筑款式看来，是明朝的东西，清代重修过。本地人既长于木傀儡戏，戏文中多黑花脸杀进红花脸杀出故事，尉迟敬德在戏文中既是一员骁将，因此附会到这个寺庙上去，也极自然。浦市码头既已衰败，三十年前红极一时的商家迁移的迁移，破产的破产，那座大庙一再驻兵，近年来花树已全毁，庙宇也破成一堆瓦砾了。就只唱戏的高手，还有三五人，在沅水流域当行出名。傀儡戏大多数唱的是高腔，用唢呐伴和，在田野中唱来，情调相当悲壮。每到菜花黄庄稼熟时节，这些人便带了戏

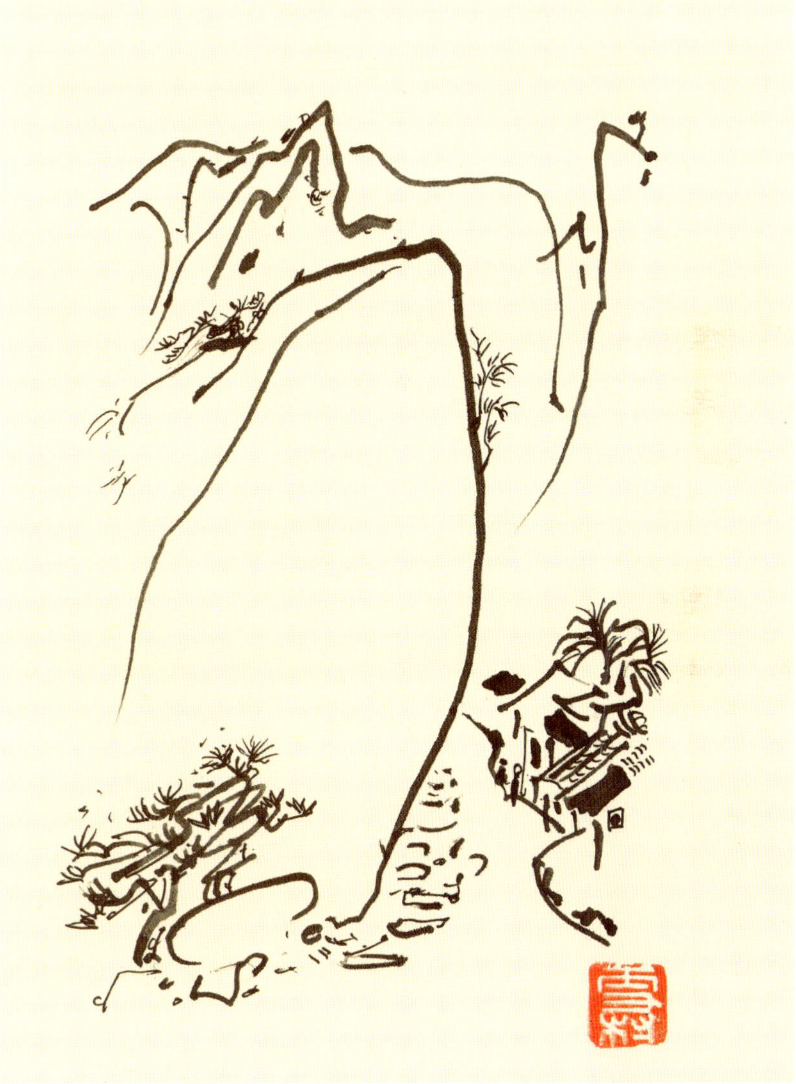

箱各处走去,在田野中小小土地庙前举行时,远近十里的妇女老幼,多换上新衣,年青女子戴上粗重银器,有些还自己扛了板凳,携带饭匣,跑来看戏,一面看戏一面吃点东西。戏子中嗓子好,善于用手法使傀儡表情生动的,常得当地年青女子垂青。到冬十腊月,这些唱戏的又带上另外一分家业,赶到凤凰县城里去唱酬傩神的愿戏。这种酬神戏与普通情形完全不同,一切由苗巫作主体,各扮着乡下人,跟随苗籍巫师身后,在神前院落中演唱。或相互问答,或共同合唱,一种古典的方式。戏多夜中在火燎下举行,唱到天明方止。参加的多义务取乐性质,不必需金钱报酬,只大吃大喝几顿了事。这家法事完了又转到另外一家去。一切方式令人想起《仲夏夜之梦》的乡戏场面,木匠、泥水匠、屠户、成衣人,无不参加。戏多就本地风光取材,诙谐与讽刺,多健康而快乐,有希腊《拟曲》趣味。不用弦索,不用唢呐,惟用小锣小鼓,尾声必需大家合唱,观众也可合唱。尾声照例用"些"字,或"禾和些"字,借此可知《楚辞》中《招魂》末字的用处。戏唱到午夜后,天寒上冻,锣鼓凄清,小孩子多已就神坛前盹睡,神巫便令执事人重燃大蜡,添换供物,神巫也换穿朱红绣花缎袍,手拿铜剑锦拂,捶大鼓如雷鸣,吭声高唱，独舞娱神，兴奋观众。末后撤下供物酒食，大家吃喝。俟人人都恢复精神后，新戏重新上场。这些唱戏的到岁暮年末时，方带了所得猪羊肉（羊肉必取后腿，带上那个小小尾巴），大小米糍粑以及快乐和疲劳，各自回家过年。

在浦市镇头上向西望，可以看见远山上一个白塔，尖尖的向透蓝天空矗着。白塔属辰溪县的风水，位置在辰溪县下边一点。塔在河边山上，河下名"斤丝潭"，打鱼人传说要放一斤生丝方能到底。斤丝潭一面是一列悬崖，五色斑驳，如锦如绣。崖下常停泊百十只小渔船，每只船上照例蓄养五七只黑色鱼鹰。这水鸟无事可作时，常蹲在船舷船顶上扇翅膀，或沉默无声打瞌盹。盈千累百一齐在平潭中下水捕鱼时，堪称一种奇观，可见出人类与另一种生物合作，在自然中竞争生存的方式，虽处处必需争斗，却又处处见出谐和。箱子岩也是一列五色斑驳的石壁，长约三四里，同属石灰岩性质。石壁临江一面崭削如割切。河水深而碧，出大鱼，因此渔船也多。岩下多洞穴，可收藏当地人五月节用的狭长龙船。岩壁缺口处有人家，如为造物者增加画意，似经心似不经心点缀上这些大小房子。最引人注意处还是那半空中石壁罅隙处悬空的赭色巨大木柜。上不黏天，下不及泉，传说中古代穴居者的遗迹。端阳竞渡时水面的壮观，平常人不容易得到这种眼福，就不易想象它的动人光景。遇晴明天气，白日西落，天上薄云由银红转成灰紫。停泊崖下的小渔船，烧湿柴煮饭，炊烟受湿，平贴水面，如平摊一块白幕，绿头水凫三只五只，排阵掠水飞去，消失在微茫烟波里。一切光景静美而略带忧郁。随意割切一段勾勒纸上，就可成一绝好宋人画本。满眼是诗，一种纯粹的诗。生命另一形式的表现，即人与自然契合，彼此不分的表现，在这里可以和感官接触。一个人若沉得住气，在这种情境里，会觉得自己即或不能将全人格融化，至少乐于暂时忘了一切浮世的营扰。现实并不使人沉醉，倒令人深思。越过时间，便俨然见到五千年前腰围兽皮手持石斧的壮士，如何经心设意，用红石粉涂染木材搭架到悬崖高空上情景，且想起两千年前的屈原，忠直而不见信，被放逐后驾一叶小舟飘流江上，无望无助的情景。更容易关心到这地方人将来的命运，虽生活与自然相契，若不想法改造，却将不免与自然同一命运，被另一种强悍有训练的外来者征服制驭，终于衰亡消灭。说起它时使人痛苦，因为明白人类在某种方式下生存，受时代陶冶，会发生一种无可奈何的痛苦。

悲悯心与责任心必同时油然而生,转觉隐遁之可羞,振作之必要。目睹山川美秀如此,"爱"与"不忍"会使人不敢堕落,不能堕落。因此一个深心的旅行者,不妨放下坐车的便利,由沅陵乘小船沿沅水上行,用两天到达辰溪。所费的时间虽多一点,耳目所得也必然多一点。

三十年一月七日校,时在昆明。

辰 溪 的 煤

湘西有名的煤田在辰溪。一个旅行者若由公路坐车走,早上从沅陵动身,必在这个地方吃早饭。公路汽车须由此过河,再沿麻阳河南岸前进。旅行者一瞥的印象,在车站旁所能看到的仅仅是无数煤堆,以及远处煤堆间几个黑色烟筒。过河时看到的是码头上人分子杂,船夫多,矿工多,游闲人也多。半渡之际看到的是山川风物,秀气而不流于纤巧。水清且急,两丈下可见石子如樗蒲①

---

① 古代一种博戏。博具有子、马、五木等,后专以五木为戏。相传骰子即由五木演变而成。

在水底滚动。过渡后必想到,地方虽不俗,人好像很呆,地下虽富足,一般人却极穷相。以为古怪,实不古怪。过路人虽关心当地荣枯和居民生活,但一瞥而过,对地方问题照例是无从明白的。

辰河弄船人有两句口号,旅行者无不熟习,那口号是:"走尽天下路,难过辰溪渡。"事实上辰溪渡也并不怎样难过,不过弄船人所见不广,用纵横千里一条辰河与七个支流小河作准,说说罢了。

辰溪县的位置恰在两条河流的交汇处,小小石头城临水倚山,建立在河口滩脚崖壁上。河水清而急,深到三丈还透明见底。河面长年来往湘黔边境各种形体美丽的船只。山头是石灰岩,无论晴雨,都可见到烧石灰的窑上飘扬青烟和白烟。房屋多黑瓦白墙,接瓦连椽紧密如精巧图案。对河与小山城成犄角,上游为一个三角形小阜,小阜上有修船造船的宽坪。位置略下,为一个山岨,濒河拔峰,山脚一面接受了沅水激流的冲刷,一面被麻阳河长流淘洗,近水岩石多玲珑透空。山半有个壮丽辉煌的庙宇,庙宇外岩石间且有成千大小不一的石佛。在那个悬岩半空的庙里,可以眺望上行船的白帆,听下行船摇橹人唱歌。小船氽氽流而渡,艰难处与美丽处实在可以平分。

地方为产煤区,似乎无处无煤,故山前山后都可见到用土法开掘的煤洞煤井。沿河两岸常有百十只运煤船停泊,上下洪江与常德码头间无时不有若干黑脸黑手脚汉子,把大块黑煤运送到船上,向船舱中抛去。若到一个取煤的斜井边去,就可见到无数同样黑脸黑手脚人物,全身光裸,腰前围一片破布,头上戴一盏小灯,向那个俨若地狱的黑井爬进爬出。矿坑随时可以坍陷或被水灌入,坍了,淹了,这些到地狱讨生活的人,自然也就完事了。(引自《湘行散记》)

战事发生后,国内许多地方的煤田都丢送给日人了,除东三省热河的早已完事,绥远河北山东安徽的全得不着了。可是辰溪县的煤,直到二十七年二月里,在当地交货,两块钱一吨还无买主。运到一百四十里距离的沅陵去,两毛钱一百斤很少人用它。山上沿河两岸遍山是杂木杂草,乡下人无事可作,无生可谋,挑柴担草上城换油盐的太多，上好栎木炭到年底时也不过卖一分钱一斤，除作坊糟坊和较大庄号用得着煤，人人都因习惯便利用柴草和木炭。这种热力大质量纯的燃料，于是同过去一时当地的青年优秀分子一样，在湘西竟成为一种肮脏累赘毫无用处的废物，地方负责的虽知道这两样东西都极有用，可不知怎样来用它。到末了，年青人不是听其飘流四方，就是听他腐化堕落。廉价的燃料，只好用本地民船运往五百里外的常德，每吨一块半钱到二块六毛钱。同时却用二百五十块钱左右一吨的价值，运回美孚行的煤油，作为湘西各县城市点灯用油。

富原虽在本地，到处都是穷人，不特下井挖煤的十分穷困，每天只能靠一点点收入，一家人挤塞在一个破烂逼窄又湿又脏的小房子里住，无望无助的混下去。孩子一到十岁左右，就得来参加这种生活竞争。许多开矿的小主人，也因为无知识，捐项多，耗费大，运输不便利，煤又太不值钱，弄得毫无办法，停业破产。

这应当是谁的责任？瞻望河边的风景，以及那一群肮脏瘦弱的负煤人，两相对照，总令人不免想得很远很远。过去的，已成为过去了。来在这地面上，驾驭钢铁，征服自然，使人人精力不完全

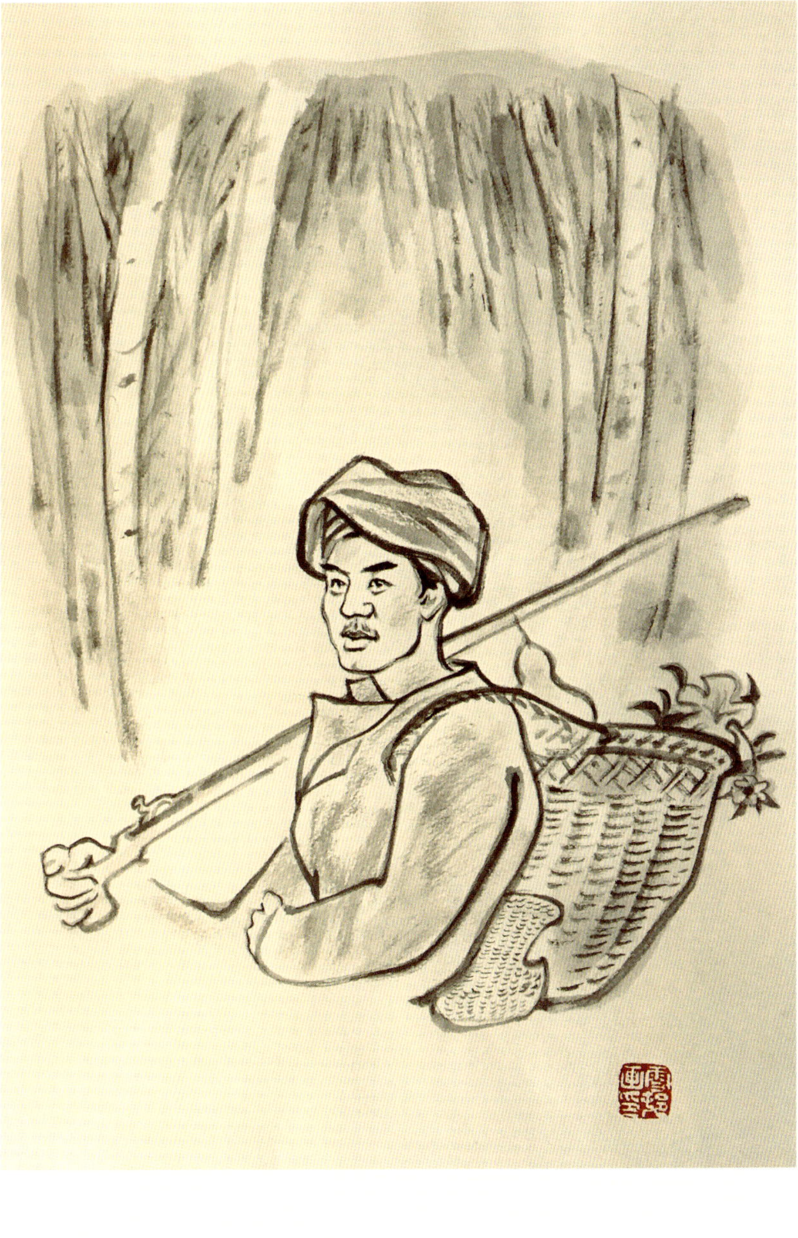

浪费到这种简陋可怜生活上,使多数人活得稍像活人一点,这责任应当归谁?是不是到明日就有一群结实精悍的青年,心怀雄心与大愿,来担当这个艰苦伟大的工作?是不是到明日,还不免一切依然如旧?答复这个问题,应在青年本身。

这是一个神圣矿工的家庭故事——

向大成,四十四岁,每天到后坡××公司第三号井里去工作,坐箩筐下降四十三丈,到工作处。每天作工十二点,收入一毛八分钱。妇人李氏,四十岁,到河码头去给船户补衣裳裤子,每天可得三两百钱。无事作或往相熟处,给人用碎磁放放血,用铜钱蘸清油刮刮痧。男女共生养了七个,死去五个,只剩下两个女儿,大的十六岁,十三岁时就被驻防军排长看中后,出了两块钱引诱破了身,父亲知道这事情时,就痛打女孩一顿,又为这两块钱,两夫妇大吵大闹一阵,妇人揪着自己髻发在泥地里滚哭。可是这事情自然同别的事一样,很快的就成为过去了。到十五岁这女孩子已知道从新生活上取乐,且得点小钱花,买甘蔗糍粑吃。于是常常让水手带到空船上去玩耍,不怕丑也不怕别的。可是母亲从熟人处听到她什么时候得了钱,在码头上花了,不拿回来,就用各种野话痛骂泄气。到十六岁父亲却出主张,把她押给一个"老怪物",押二十六块钱。这女孩子于是换了崭新印花标布衣裳,把头梳得光油油的,脸上擦了脂粉,很高兴的来在河边一个小房子里接待当地军,警,商,政各界,照当地规矩,五毛钱关门一回。不久就学会了唱小曲子,军歌,党歌,爱国歌,摇船人催橹歌。母亲来时就偷偷的塞十个当一百铜子或一些角子票到母亲手中,不让老怪物看见。阅世多,经验多,应酬主顾自然十分周到。且身体给生活蹂躏也给营养,臀部长阔了,奶子也圆大了,生意更好了一点,已成为本地"观音"。船上人无不知道河码头的观音。有一次,县衙门一个传达,同船上人吃醋,便用个捶衣木杵把这个活观音痛殴一顿,末了,且把小妇人裤子也扒脱抛到河水中去。又气又苦,哭了半天,心里结了个大疙瘩,总想不开,抓起烟匣子向口里倒,咽了三钱烟膏,到第二天便死掉了。父母得到消息,来哭了一阵,拿了点"烧埋钱"走了。死了的人过不久也就装在白木匣子里抬走埋了。小女儿十一岁,每天到河滩上修船处去捡劈柴,带回家烧火煮饭,有一天造船匠故意扬起斧头来恐吓她,她不怕。造船匠于是更当着这孩子撒尿,想用另外一个方法来恐吓她。这女孩子受了辱,就坐在河边堆积的木料上,把一切耳朵中听来的丑话骂那个老造船匠。骂厌后方跑回家里去。回到家里,见母亲却在灶边大哭,原来老的在煤井里被煤块砸死了。……到半夜,那个母亲心想公司有十二块钱安埋费。孩子今年十二岁,再过四年,就可挣钱了。命虽苦,还有一点希望。……

这就是我们所称赞的劳工神圣,一个劳工家庭的真实故事。旅行者的好奇心,若需要证实它,在那里实在顶方便不过,正因为这种家庭是很普遍的,故事是随处可以掇拾的。

读书人的同情,专家的调查,对这种人有什么用?若不能在调查和同情以外有一个"办法",这种人总永远用血和泪在同样情形中打发日子。地狱俨然就是为他们而设的。他们的生活,正说明"生命"在无知与穷困包围中必然的种种。读书人面对这种人生时,不配说"同情",实应当"自愧"。正因为这些人生命的庄严,读书人是毫不明白的。

大家都知道辰溪县"有煤",此外还有什么,就毫无所知了。在湘西各县裱画店,常有个署名髯翁米子和的口书字幅,用笔极浓重,引人注意。这个米先生就是辰溪县人。

沅水上游几个县分

由辰溪大河上行，便到洪江，洪江是湘西中心。出口货以木材、桐油、鸦片烟为交易中心。市区在两水汇流一个三角形地带，三面临水，通常有"小重庆"称呼。地方归会同县管辖。湖南人吃的"洪江柚子"，就是由会同，黔阳，溆浦各县属乡下集中到洪江来的。洪江商务增加了地方的财富，与市面繁荣，同时也增加了军人的争夺机会。民国三十年来贵州省的政治变局，都是洪江地方直接间接促成的。贵州军人王殿轮、王小珊、周西成、王家烈，全用洪江为发祥地。湖南军人周则范、蔡钜猷、陈汉章,全用洪江为根据地,负隅自固,周陈二人并且同样是在洪江被刺的。可是这些事对本地又似乎竟无多少关系。这些无知识的军人尽管新陈代谢,打来打去,除洪江商人照例吃点亏,与会同却并无关系。地方既不因此而衰败,也不因此而繁荣。溆浦地方在湘西文化水准特别高,读书人特别多,不靠洪江的商务,却靠一片田地,一片果园——蔗糖和橘子园的出产,此外便是几个热心地方教育的人。女子教育的基础,是个姓向女子作成的(即十年前在共产党中作妇女运动被杀的向××①,五四时代写工运文章最有声色的蔡和森的夫人)。史学家向达,经济学家武堉干,出版家舒新城,同是溆浦人。洪江沿沅水上行到黔阳,县城里有一个阳明书院,留下王阳明的一点传说,此外这个地方竟似乎不能引起外人的注意,也引不起本地人的自信或自骄。地方在外面读书作事的人相当多,湘西人的个性强悍处,似乎也因之较少。黔阳毗连芷江,"澧兰沅芷"在历史上成一动人名辞。芷江的香草香花,的确不少。公路由辰溪往芷江,不

---

① 即向警予,中共早期的妇女运动领导人。

经过溆浦黔阳，是由麻阳河沿河上行一阵，到后向西走，经芷江属的东乡两个市镇，方到芷江。

车由辰溪过渡，沿麻阳河南岸上行时，但见河身平远静穆，嘉树四合，绿竹成林，郁郁葱葱，别有一种境界。沿河多油坊，祠堂，房子多用砖砌成立体方形或长方形，与峻拔不群的枫杉相衬，另是一种格局，有江浙风景的清秀，同时兼北方风景的厚重。河身虽不大，然而屈折平衍，因之引水灌溉两岸，十分便利，土地极其膏腴。急流处本地人多缚大竹作圆形，安置在河边小水堰道间，引水灌高处田地，且联接枧筒长数十丈，将水远引。两岸树木多，因之美丽水鸟也特别多。弄船人除少数铜仁船水手，此外全部是麻阳人，在二百五十里内，这一条河中有多少滩，多少潭，有多少碾房，有多少出名石头，无不清清楚楚。水手们互相谈论争吵的事，也常不离这条河流所有的故事，和急流石头的情形。有一个地方名"失马湾"，四围是山，山下有大小村落无数，都隐在树丛中。河面宽而平，平潭中黄昏时静寂无声，惟见水鸟掠水飞去，消失在烟浦里。一切光景美丽而忧郁，见到时不免令人生"大好河山"之感。公路虽不经从失马湾过，失马湾地方有一个故事，却常常给人带走很远。

公路入芷江境后,较大站口名怀化镇。经过的旅客除了称羡草木田地美好,以及公路宽广平坦,此外将无何等奇异感想。可是事实上这个地方的过去,正是中国三十年来的缩影。地方民性强悍,好械斗。多相互仇杀,强梁好事者既容易生事,老实循良的为生存也就力图自卫。蔡锷护法军兴,云南部队既在这里和北洋军作战,结果遗下枪支不少。本地人有钱的买枪,称为团总,个人有枪,称为练丁。枪支一多,各有所恃,于是由仇怨变成劫掠。杂牌军来,收枪裹匪膨胀势力。军队打散后,于是或入山落草保存实力,或收编成军以图挟制。内战既多,新陈代谢之际,唯一可作的事就是相互杀戮。二十年间的混乱局面,闹得至少有一万良民被把头颅割下来示众(作者个人即眼见到有三千左右农民被割头示众),为本地人留下一笔结不了的血账。然而时间是个古怪东西,这件事到如今,当地人似乎已渐渐忘掉了。遗忘不掉且居然还能够引起旅客一点好奇心,对之注意的,是一座光头山顶上留下一列堡垒形的石头房子,不像庙宇也不像住户人家,与山下简陋小市镇对照时,尤其显得两不调和。一望而知这房子是有个动人故事的。

这是一个由地主而成团绅,由团绅而作大王,由大王升充军长,由军长获得巨富,由巨富被人暗杀,一个姓陈的产业。这座房子同中国许多地方堂皇富丽的建筑相似,大部分可说是用人血作成的。这房子结束了当地人对于由土匪而大王作军官成巨富的浪漫情绪。如今业已成为一个古迹,只能供过路人凭吊了。车站旁的当地妇人多显得和平而纯良,用惊奇眼光望着外来车辆和客人。客人若问"那房子是谁的产业?谁在那里住?"一定会听到那些老妇人可怜的回答:"房子是我们这里陈军长的,军长名陈汉章,五年前在洪江被人杀了,房子空空的。"且可怜的微笑。也许这妇人正想起自己被杀死的丈夫,被打死的儿子,也许想起的却是那军长死后三百五十条金子,和几个美丽姨太太的下落。谁知道她想的是什么事。

怀化镇过去二十里有小村市,名"石门",出产好梨,大而酥脆,甜如蜜汁,也和中国别的地方一样,虽有好出产,并不为人注意,专家也从不曾在他著作上提及,县农场和农校更不见栽培过这种果木。再过去二十五里名"榆树湾",地方出好米、好柿饼。与怀化镇历史相同,小小一片地面几乎用血染赤,然而人性善忘,这些事已成为过去了。民性强直，二十年前乡下人上场决斗时，尚有手携着手，用分量同等的刀相砍的公平习惯，若凑巧碰着，很可以增长旅行者一分见识。一个商人的十八岁闺女死了，入土三天后，居然还有一个卖豆腐的青年男子，把这女子从土中刨出，背到山洞中去睡她三夜的热情，这种生命洋溢的性情，到近年来自然早消灭了，成为希有事物了。新来的便是无个性无特性的庸碌人生观，养成这种人生观就是使人去掉那点勇气而代替一点诈气的普通教育。一部分人自然还以为教育成功，因此为多数人所扶持。正因为如此一来，住城市中的地主阶级，方不至于田园荒芜，收租无着。按规矩，芷江的佃户对地主除缴纳正租外，还应当在每一石租谷中认交鸡肉一斤，数量多少照算，所以有千来石净收入的人家，到收租时照例可从各佃户处捉回百十只肥鸡。常日吃鸡，吃到年底，还有富余。单是这一点，东乡的民俗如何宜于改造，便很显然了。可是这些地主一定想象不到，东乡民俗一经改变，芷江的命运也就从此注定成为一个被支配者。

榆树湾离芷江还有九十里，公路上行，一部分即沿沅水西岸拉船人纤路扩大改造而成。公路一面傍山，一面临水。地势到此形成一小盆地,无高山重岭,汽车路因之较宽大,较平直。到芷江时,一个过路人一瞥所得印象必不怎么坏。城南有个明代的塔,名雁塔,形制拙而壮,约略与杭州圮坍的雷峰塔相似。城楼与城中心望楼,从万户人家屋瓦上浮,气象相当博大厚重,像一个府治。河流到了这里忽然展宽许多,约一里三分之二。一个十七墩的长桥,由南城外河边接连南岸,南岸名王家街,住户店铺也不少。三十年前通云贵的大驿道由此通过(传说中的赶尸必由之路),现在又成为公路站头。城内余地有限,将来发展自然还在南岸。表示这繁荣的起点,是小而简陋的木房子无限量的增加。

有个大佛寺,明朝人建筑的;殿中大佛头耳朵可容八个人盘旋,佛顶可摆四桌酒席。好风雅的当地绅士,重阳节便到佛头上登高,吃酒划拳,觉得十分有趣。本地绅士有一"维新派",知去掉迷信不知道保存古迹,民国九年佛殿圮坍后,因此各界商议,决定打倒大佛。当时南区的警察所长是个大胖子,凤凰县人,人大心细,身圆姓方,性情恰恰如吉诃德先生的仆人,以为这是一件极有意义的工作,就亲自用锹头去掘佛头,并督率警士参加这种工作。事后向熟人说:"今天真作了一件平生顶痛快事情(不说顶蠢事情),打倒了一尊五百年的偶像。人说大佛是金肝银肠朱砂心,得到它岂不是可以大发一笔洋财？那知道打倒了它,什么也得不到。肚子里一堆古里古怪的玩意儿,手写的经书,泥做的小佛,绸子上画花——鬼知道有什么用,五百年宝贝,一钱不值。脑子里装了六十担茶叶,一个茶叶库,一点味道都没有,谁都不要,只好堆在坪里,一把火烧掉。"把话说完时,伸出两只蒲扇手,"狗肏的,一把火烧完了,痛快。"总而言之,除了大殿,当时能放火烧的都被这位开明警察所长烧了。保存得上好的五百卷手抄本经卷,和五彩壁画的版子,若干漆器的佛像,全烧光了。大佛泥土堆积如一座小山。这座山的所在处,现在本地年青人已经不大知道了。当地毁去了那么一座偶像,其实却保存另外一个活偶像。城里东门大街福音堂里,住下一个基督教包牧师,在当时是受本城绅士特别爱护尊敬的。受尊敬的原因,为的是当时土匪不敢惊动洋人。有时城中绅士被当作肥羊吊去时,无从接头,这牧师便放下侍奉上帝神圣的职务,很勇敢慷慨深入匪区去代人说票。离县城三十里的西望山,早已成为匪区,有枪兵一排人还不敢通过,大六月天这位牧师去避暑,却毫不在意,既不引起众人对于这个牧师身分的怀疑,反而增加这个牧师在当地"所向无敌"的威信。这事说来已二十年,上帝大约已把那牧师收回天国,也近于一篇故事了。

二十年来本地绅士半数业已谢世,余下的都渐渐衰老了,子侄辈长大成人,当前问题恐不是毁佛学道,必是如何想法不让子侄辈向西北走。担心的并不是社会革命,倒是家庭革命。家庭一革命,作严父作慈母两不讨好。

芷江的绅士多是地主,正因为有钱,因此历来受两重压迫,土匪和外来驻防剿匪军。两者的苛索都不容易侍候,因此性情特别温和。近年来一切都不同了,最大的压迫,恐怕是自己家里的子女"自由"。子女在外受教育的多,对于本地是一种转机,对于少数人,看来却似乎是一种危机。

广西民政厅厅长邱昌渭先生,是这个地方人。

芷江大桑和蚕种都相当好,白蜡收成也极可观。又出产好米,西旺山下有一种特别玉腰米,作饭时长到五分。此外桃子和冬菌,在湖南应当首屈一指。可是当地农校林场却只能发现些不高不矮的洋槐树、黄金树。稻种改良,蚕桑推广,蜡虫研究和果木栽培,都不曾作,作来也无良好成绩可言。这就要后来者想办法了。后来者可作的事正多。

由芷江往晃县,给人的印象是沿公路山头渐低渐小,山上树木转密蒙。一个初到晃县的人,爱热闹必觉得太不热闹,爱孤僻又必觉得不够孤僻。就地形看来,小小的红色山头一个接连一个,一条河水弯弯曲曲的流去,山水相互环抱,气象格局小而美,读过历史的必以为传说中的古夜郎国,一定是在这里。对湘西人民生活状况有兴味的人,必立刻就可发现当地妇女远不如沅陵妇女之勤苦耐劳而富于艺术爱好。妇女比例数目少一点,重视一点,也就懒惰一点。男子呢,与产烟区域的贵州省太接近,并且是贵州烟转口的地方,许多人血里都似乎有了烟毒。一瞥印象是愚,穷,弱。三种气氛表现在一般市民的身上,服饰上,房屋建筑上。

晃县的市场在龙溪口。公路通车以前,烟贩、油商、木商等客人,收买水银坐庄人,都在龙溪口作生意。地方被称为"小洪江",由于繁荣的原因和洪江大同小异。地方离老县城约三里,有一段短短公路可通行,公路上且居然还有十多辆人力车点缀,一里两毛,还是求过于供。主顾最多的大约是本地土娼,因为奔跑两处,必需以车代步,不然真不免夜行多露,跋涉为劳。

烟土既为本地转口货大宗生意，烟帮客人是到处受欢迎的客人，护送烟帮出差军人为最好的差事，特税查缉员在中国公务员中最称尽职。本地多数人的生存意义或生存事实，都和烟膏烟土不可分。因之令人发生疑问，假若禁烟事对于禁吸禁运办法实行以后，这地方许多人家许多商务如何维持？也许有人真那么想到，结果却默然无言。

四月里一个某某部队过路，在河西车站边借了一个民居驻防，开拔后，屋主人去清察房屋，才发现有个兵士模样的男子，被反缚两手，胸脯上戳了三刀，抛在粪坑边死了。部队还是当天开拔的。谁作的事，不知道。被杀的是谁？传说是查缉处兵士。官方对于这事只好搁下，保留。过不久，大家一定就忘记这件不愉快事情了。

另外有个烟贩，由贵阳乘车到达，行李衣箱内藏了一万块钱法币，七千块钱烟土印花，落店后，半夜里忽然有人来"检查"。翻了一阵，发现了那个衣箱，打开一看，把那个钱拿跑了。这烟贩不声不响，第二天就包赁一辆汽车回转贵阳。好像一抢便已完事。县知事不知道是谁作的事，烟贩倒似乎知道，除老乡外别无他人，只是不说。君子报仇三年，冤有头，债有主，不用官家麻烦。

两件事都发生在车站近旁,所谓边境,从这两件事情上可知道一二。边境的悲剧或喜剧,常常与烟土有密切关系。

边境有边境古风,每夜查铺子共计警务人员四位,高举扁方纸糊灯笼,进门问问姓氏,即刻就走了。查铺子的怕"委员",怕"中央",怕"军人",怕以及许多许多,灯笼高举各家走去为的是尽职。更主要的还是旅客必需将姓名注上循环簿,旅馆用完时好到警局去领,每本缴三毛法币。就市价估计,成本约一毛五分。

小公务员还保留一种特别权利,在小客栈中开一房间,叫两个条子打麻将取乐,消遣此有涯之生。这种公务员自然也有从外路来到此地,享受这种特别权利的。总之多数人都认为这是一种权利,一种娱乐,不觉得可羞,所以在任何地方都可见到。

本地入口货销行最好的是纸烟。许多普通应用药品,到这地方都不容易得到,至于纸烟,无不应有尽有。各种甜咸罐头也买得出。只是无一个书店,可知书籍在这地方并无多大用处。

经营最古职业的娘儿们多数身子小小的,瘦瘦的,露出睡眠不足营养不足的神气,着短衣大脚裤,并在腰边系一粉红绸巾,会唱小曲,也会唱党歌,军歌,抗战歌,因为得应酬当地军警政商各界,必需懂流行的歌曲。世人常说妓女生活很苦,大都会中妓女给人的印象的确很苦,每日与生活挣扎,受自然限制,为人事挫折,事事可以看出这小小边城妓女与其说是在挣扎生活,不如说是在混生活。生存是无目的的,无所谓的,正与若干小公务员小市民极其相同,同样是混日子,迷迷胡胡混下去,听机会分派哀乐得失,在小小生活范围内转。活时,活下去;死了,完事。"野心"在多数人生活中都不存在,"希望"也不会存在。航空奖券和百龄机发卖地方相去太远,对于这类人的刺激也无多大意义。若说这些妇女可悯,公务员和小市民同样可悯。这是传说中的古夜郎国,可是到如今来"自大"两字也似乎早已消灭了。

多数人一眼望去都很老实,这老实另一面即表现"愚"与"惰"。妇人已很少看到胸前有精美扣花围裙,男子雄纠纠担着山兽皮上街找主顾的也不多见,贵州人在这里势力特别大,由于烟土是贵州省运来的。

妇人小孩,都患瘰疬①,营养不良是一般人普遍现象。

---

① 中医学病名,俗称"疬子颈"。颈项间结核的总称。

木材在这里不大值钱,然而处置木材的方式,亦因无知与懒惰,多不得其法,这事从当地各式建筑就可见出。

湖南境的沅水到此为止,自然景物到此越加美丽,人事无章次处也就到此越加显著。正如造物者为求均衡,有意抑彼扬此,恰到好处。本地见出受战事影响,直接使本地人受拘束,在改造,有变化的,是壮丁训练。每早上六点钟左右,汽车西站旁大坪里就有个老妇人筛锣示众,告大家应当起床,于是来了一个着军服的年青人,精神饱满,挟了三四个薄薄本子(唱歌的抄本),吹嗯哨集合,各处人家于是走出二十来个大小不等制服不齐的候补壮士,在坪里集合点名,训话后即上操,唱歌。大约训练工作还不久,因此唱歌得一句一句教。教者十分吃力,学者对于歌中意义也不很懂。而且许多歌都是城里人编的,实在不大好听,调子又古怪难记,对于乡下人真是一种"训练"。若把调子编成沅水流城弄船摇橹人打呼号的声音,一定好听得多,易学得多了。可是这个指导训练工作人员,在本地却是唯一见出有生气有朝气的青年。地方一切会在他们努力下慢慢改变过来的。青年之觉醒是必然的。

十五年前在沅水上游称一霸,由教学先生而变为土匪,由大王而变为军人,由司令而变为……外县人来到晃县,提出这个人的名字时,如今尚可以听到许多故事。这人名姚继虞,就是晃县人。十年前又有个北京农科大学毕业生,领导两万武装农民,入城示威,清党时死于芷江南城城门前。这人名唐伯赓,也是晃县人。

凤　　凰

这是从一个作品里摘录出关于凤凰的轮廓。

　　一个好事的人,若从百年前某种较旧一点的地图上寻找,一定可在黔北、川东、湘西一处极偏僻的角隅上,发现了一个名为"镇筸"的小点。那里同别的小点一样,事实上应有一个城市,在那城市中,安顿了数千户人口的,不过一切城市的存在,大部分皆在交通、物产、经济的情形下面,成为那个城市荣枯的因缘。这一个地方,却以另外意义无所依附而独立存在。将那个用粗糙而坚实巨大石头砌成的圆城作为中心,向四方展开,围绕了这边疆僻地的孤城,约有五百余苗寨,各有千总守备镇守其间。有数十屯仓,每年屯数万石粮食为公家所有。五百左右的碉堡,二百左右的营汛。碉堡各用大石作成,位置在山顶头,随了山岭脉络蜿蜒各处,营汛各位置在驿路上,布置得极有秩序。这些东西是在一百八十年前,按照一种精密的计划,各保持到相当距离,在周围数百里内,平均分配下来,解决了退守一隅常作蠢动的边苗叛变的。两世纪来满清的暴政,以及因这暴政而引起的反抗,血染赤了每一条官道同每一个碉堡。到如今,一切完事了。碉堡多数业已残毁了,营汛多数成为民房了,人民已大半同化了。落日黄昏时节,站到那个巍然独在万山环绕的孤城高处,眺望那些远近残毁碉堡,还可依稀想见当时角鼓火炬传警告急的光景。这地方到今日此时,因为另一军事重心,一切皆以一种迅速的姿势在改变,在进步,同时这种进步,也就正消灭到过去一切。……

地方统治者分数种,最上为天神,其次为官,又其次才为村长同执行巫术的神的侍奉者，人人洁身信神，守法爱官。每家俱有兵役，可按月各到营上领取一点银子，一分米粮，且可从官家领取二百年前被政府所没收的公田播种。

这地方本名镇筸城，后改凤凰厅，入民国后，改名凤凰县。清时辰沅永靖兵备道，镇筸镇，均驻节此地。辛亥革命后，湘西镇守使，辰沅道，仍在此办公。除屯谷外国家每月约用银八万两经营此小小山城。地方居民不过五六千，驻防各处的正规兵士却有七千。由于环境不同，直到现在其地绿营兵役制度尚保存不废，为中国绿营军制唯一残留之物。（引自《凤凰子》）

苗子放蛊的传说，由这个地方出发。辰州符的实验者，以这个地方为集中地。三楚子弟的游侠气概，这个地方因屯丁子弟兵制度，所以保留得特别多。在宗教仪式上，这个地方有很多特别处，宗教情绪（好鬼信巫的情绪），因社会环境特殊，热烈专诚到不可想象。湘西之所以成为问题，这个地方人应当负较多责任。湘西的将来，不拘好或坏，这个地方人的关系都特别大。湘西的神秘，只有这一个区域不易了解，值得了解。

它的地域已深入苗区，文化比沅水流域任何一县都差得多，然而民国以来湖南的第一流政治家熊希龄先生，却出生在那个小小县城里。地方可说充满了迷信，然而那点迷信却被历史很巧妙的糅合在军人武德里，因此反而增加了军人的勇敢性与团结性。去年在嘉善守兴登堡国防线抗敌时，作战之沉着，牺牲之壮烈，就见出迷信实无碍于它的军人职务。县城一个完全小学也办不好，可是许多青年却在部队中当过一阵兵后，辗转努力，得入正式大学，或陆军大学，成绩都很好。一些由行伍出身的军人，常识且异常丰富；个人的浪漫情绪与历史的宗教情绪结合为一，便成游侠者精神，领导得人，就可成为卫国守土的模范军人。这种游侠精神若用不得其当，自然也可以见出种种短处。或一与领导者离开，即不免在许多事上精力浪费。甚焉者即糜烂地方，尚不自知。总之，这个地方的人格与道德，应当归入另一型范。由于历史环境不同，它的发展也就不同。

凤凰军校阶级不独支配了凤凰，且支配了湘西沅水流域二十县。它的弱点与二十年来中国一般军人弱点相似，即知道管理群众,不大知道教育群众。知道管理群众,因此在统治下社会秩序尚无问题。不大知道教育群众,因此一切进步的理想都难实现。地方边僻,且易受人控制,如数年前领导者陈渠珍被何键压迫离职,外来贪污与本地土劣即打成一片,地方受剥削宰割,毫无办法。民性既刚直,团结性又强,领导者如能将这种优点成为一个教育原则,使湘西群众普遍化,人人各有一种自尊和自信心,认为湘西人可以把湘西弄好,这工作人人有份,是每人责任也是每人权利,能够这样,湘西之明日,就大不相同了。

典籍上关于云贵放蛊的记载,放蛊必与仇怨有关,仇怨又与男女事有关。换言之,就是新欢旧爱得失之际,蛊可以应用作争夺工具或报复工具。中蛊者非狂必死,惟系铃人可以解铃。这倒是蛊字古典的说明,与本意相去不远。看看贵州小乡镇上任何小摊子上都可以公开的买红砒,就可知道蛊并无如何神秘可言了。但蛊在湘西却有另外一种意义,与巫,与此外少女的落洞致死,三者同源而异流,都源于人神错综,一种情绪被压抑后变态的发展。因年龄、社会地位和其他分别,穷而年老的易成为蛊婆,三十岁左右的,易成为巫,十六岁到二十二三岁,美丽爱好而婚姻不遂的,易落洞致死。三者都以神为对象,产生一种变质女性神经病。年老而穷,怨愤郁结,取报复形式方能排泄情感,故蛊婆所作所为,即近于报复。三十岁左右,对神力极端敬信,民间传说如"七仙姐下凡"之类故事又多,结合宗教情绪与浪漫情绪而为一,因此总觉得神对她特别关心,发狂,呓语,天上地下,无往不至,必需作巫,执行人神传递愿望与意见工作,经众人承认其为神之子后,中和其情绪,狂病方不再发。年青貌美的女子,一面为戏文才子佳人故事所启发,一面由于美貌而有才情,婚姻不谐,当地武人出身中产者规矩又严,由压抑转而成为人神错综,以为被神所爱,因此死去。

善蛊的通称"草蛊婆",蛊人称"放蛊"。放蛊的方法是用蛊类放果物中,毒蛊不外蚂蚁、蜈蚣、长蛇,就本地所有且常见的。中蛊的多小孩子,现象和通常害疳疾腹中生蛔虫差不多,腹胀人瘦,或梦见虫蛇,终于死去。病中若家人疑心是同街某妇人放的,就往去见见她,只作为随便闲话方式,客客气气的说:"伯娘,我孩子害了点小病,总治不好,你知道什么小丹方,告我一个吧。小孩子怪可怜!"那妇人知道人疑心到她了,必说:"那不要紧,吃点猪肝(或别的)就好了。"回家照方子一吃,果然就好了。病好的原因是"收蛊"。蛊婆的家中必异常干净,个人眼睛发红。蛊婆放蛊出于被蛊所逼迫,到相当时日必来一次。通常放一小孩子可以经过一年,放一树木(本地凡树木起瘿有蚁穴因而枯死的,多认为被放蛊死去)只抵两月。放自己孩子却可抵三年。蛊婆所在的街上,街邻照例对她都敬而远之的客气,她也就从不会对本街孩子过不去(甚至于不会对全城孩子过不去)。但某一时若迫不得已使同街孩子致死或城中孩子因受蛊死去,好事者激起公愤,必把这个妇人捉去,放在大六月天酷日下晒太阳,名为"晒草蛊"。或用别的更残忍方法惩治。这事官方从不过问。即或这妇人在私刑中死去,也不过问。受处分的妇人,有些极口呼冤,有些又似乎以为罪有应得,默然无语。然情绪相同,即这种妇人必相信自己真有致人于死的魔力。还有些居然招供出有多少魔力,施行过多少次,某时在某处蛊死谁,某地方某大树枯树自焚也是她做的。在招供中且俨然得到一种满足的快乐。这样一来,照习惯必在毒日下晒三天,有些妇人被晒过后病就好了,以为蛊被太阳晒过就离开了,成为一个常态的妇人。有些因此就死掉了,死后众人还以为替地方除了一害。其实呢,这种妇人与其说是罪人,不如说是疯婆子。她根本上就并无如此特别能力蛊人致命。这种妇人是一个悲剧的主角,因为她有点隐性的疯狂,致疯的原因又是穷苦而寂寞。

行巫者其所以行巫,加以分析,也有相似情形。中国其他地方巫术的执行者,同僧道相差不多,已成为一种游民懒妇谋生的职业。视个人的诈伪聪明程度,见出职业成功的多少。他的作为重在引人迷信,自己却清清楚楚。这种行巫,已完全失去了他本来性质,不会当真发疯发狂了。但凤凰情形不同。行巫术多非自愿的职业,近于"迫不得已"的差使。大多数本人平时为人必极老实忠厚,沉默寡言。常忽然发病,卧床不起,如有神附体,语音神气完全变过,或胡唱胡闹,天上地下,无所不谈。且哭笑无常,殴打自己,长日不吃,不喝,不睡觉。过三两天后,仿佛生命中有种东西,把它稳住了,因极度疲乏,要休息了,长长的睡上一天,人就清醒了。醒后对病中事竟毫无所知,别的人谈起她病中情形时,反觉十分羞愧。

可是这种狂病是有周期性的(也许还同经期有关),约两三个月一次。每次总弄得本人十分疲乏,欲罢不能。按照习惯只有一个方法可以治疗,就是行巫。行巫不必学习,无从传授,只设一神坛,放一平斗,斗内装满谷子,插上一把剪刀。有的什么也不用,就可正式营业。执行巫术的方式,是在神前设一座位,行巫者坐定,用青丝绸巾覆盖脸上。重在关亡,托亡魂说话,用半哼半唱方式,谈别人家事长短,儿女疾病,远行人情形。谈到伤心处,谈者泗涕横溢,听者自然更嘘泣不止。执行巫术后,已成为众人承认的神之子,女人的潜意识,因中和作用,得到解除,因此就不会再发狂病。初初执行巫术时,且照例很灵,至少有些想不到的古怪情形,说来十分巧合。因为有事前狂态作宣传,本城人知道的多,行巫近于不得已,光顾的老妇人必甚多,生意甚好。行巫虽可发财,本人通常倒不以所得多少关心,受神指定为代理人,不作巫即受惩罚,设坛近于不得已。行巫既久,自然就渐渐变成职业,使术时多做作处,世人的好奇心同时又转移到新近设坛的别一妇人方面去,这巫婆若为人老实,便因此撤了坛,依然恢复她原有的生活,或作奶妈,或做小生意,或带孩子。为人世故,就成为三姑六婆之一,利用身分,串当地有身分人家的门子,陪老太太念经,或如《红楼梦》中与赵姨娘合作同谋之流妇女,行使点小法术,埋在地下,放在枕边,使"仇人"吃亏。或更作媒作中,弄一点酬劳脚步钱。小孩子多病,命大，就拜寄她作干儿子。小孩子夜惊，就为"收黑"，用个鸡蛋，咒过一番后，黄昏时拿到街上去，一路喊小孩名字，"八宝回来了吗？"另一个就答"八宝回来了"，一直喊到家。到家后抱着孩子手醮唾沫抹抹孩子头部，事情就算办好了。行巫的本地人称为"仙娘"。她的职务是"人鬼之间的媒介"，她的群众是妇人和孩子，她的工作真正意义是她得到社会承认是神的代理人后，狂病即不再发，当地妇女为实生活所困苦，感情无所归宿，将希望与梦想寄在她的法术上，靠她得到安慰。这种人自然间或也会点小丹方，可以治小儿夜惊，膈食。用通常眼光看来，殊不可解，用现代心理学来分析，它的产生同它在社会上的意义，都有它必然的原因。一知半解的读书人，想破除迷信，要打倒它，否认这种"先知"，正说明另一种人的"无知"。

至于落洞，实在是一种人神错综的悲剧，比上述两种妇女病更多悲剧性。地方习惯是女子在性行为方面的极端压制，成为最高的道德。这种道德观念的形成，由于军人成为地方整个的统治者。军人因职务关系，必时常离开家庭外出，在外面取得对于妇女的经验，必使这种道德观增强，方能维持他的性的独占情绪与事实。因

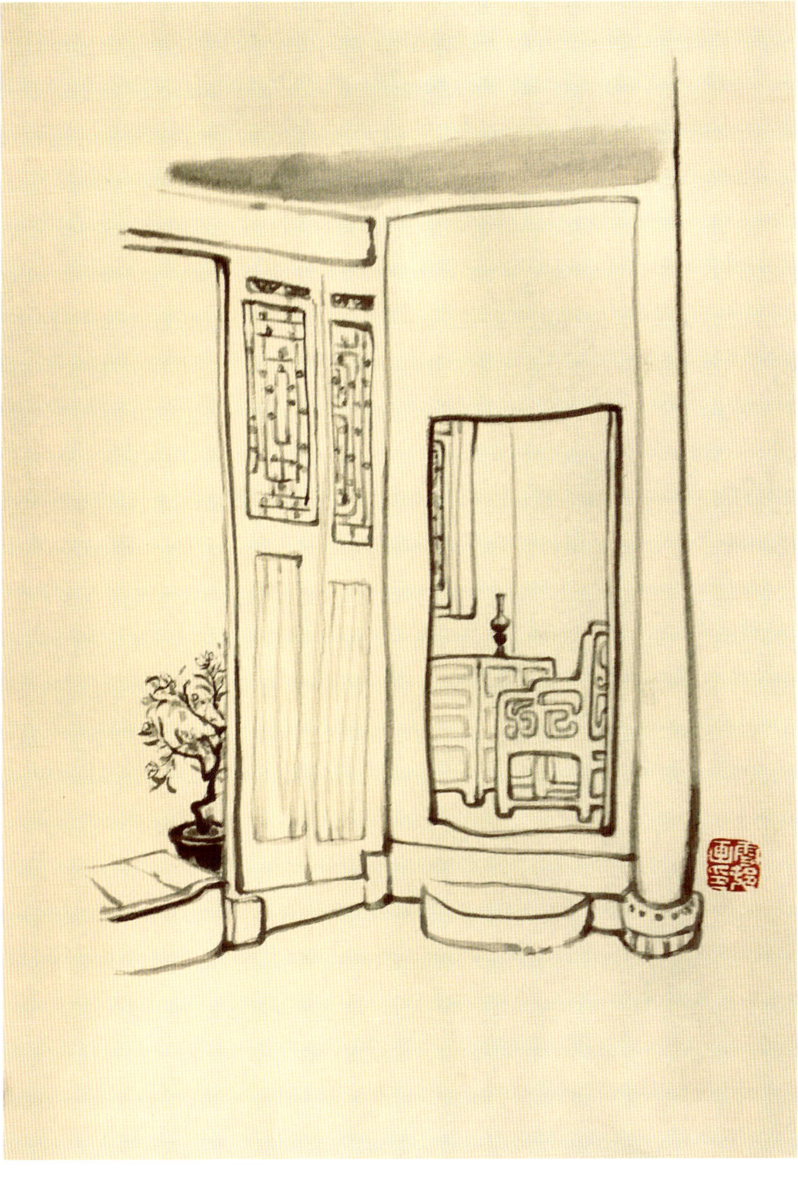

此本地认为最丑的事无过于女子不贞,男子听妇女有外遇,妇女若无家庭任何拘束,自愿解放,毫无关系的旁人亦可把女子捉来光身游街,表示与众共弃。下面故事是另外一个最好的例。

旅长刘某某,夫人是一个女子学校毕业生,平时感情极好。有同学某女士,因同学时要好,在通信中不免常有些女孩子的感情的话。信被这位军官见到后,便引起疑心。后因信中有句话语近于男子说的,"嫁了人你就把我忘了",这位军官疑心转增。独自驻防某地,有一天忽然要马弁去接太太,并告马弁:"你把太太接来,到离这里十里,一枪给我把她打死,我要死的不要活的。我要看看她还有一点热气,不同她说话。你事办得好,一切有我;事办不好,不必回来见我。"马弁当然一切照办。当真把旅长太太接来防地,到要下手时,太太一看情形不对,问马弁是什么意思。马弁就告她这是旅长的意思。太太说:"我不能这样冤枉死去,你让我见他去说个明白!"马弁说:"旅长命令要这么办,不然我就得死。"末了两人都哭了。太太让马弁把枪口按在心子上一枪打死了。(打心子好让血往腔子里流!)轿夫快快的把这位太太抬到旅部去见旅长,旅长看看后,摸摸脸和手,看看气已绝了,不由自主淌了两滴英雄泪,要马弁看一副五百块钱的棺木,把死者装殓埋了。人一埋,事情也就完结了。

这悲剧多数人就只觉得死者可怜,因误会得到这样结果,可不觉得军官行为成为问题。倘若女的当真过去一时还有一个情人,那这种处置,在当地人看来,简直是英雄行为了。

女子在性行为所受的压制既如此严酷,一个结过婚的妇人,因家事儿女勤劳,终日织布,绩麻,作醃菜,家境好的还玩骨牌,尚可转移她的情绪不至于成为精神病。一个未出嫁的女子,尤其是一个爱美好洁,知书识字,富于情感的聪明女子,或因早熟,或因晚婚,这方面情绪上所受的压抑自然更大,容易转成病态。地方既在边区苗乡,苗族半原人的神怪观影响到一切人,形成一种绝大力量。大树,洞穴,岩石,无处无神。狐,虎,蛇,龟,无物不怪。神或怪在传说中美丑善恶不一,无不赋以人性。因人与人相互爱悦和当前道德观念极端冲突,便产生人和神怪爱悦的传说,女性在性方面的压抑情绪,方藉此得到一条出路。落洞即人神错综之一种形式。背面所隐藏的悲惨,正与表面所见出的美丽,成分相等。

凡属落洞的女子,必眼睛光亮,性情纯和,聪明而美丽。必未婚,必爱好,善修饰。平时贞静自处,情感热烈不外露,转多幻想,间或出门,即自以为某一时无意中从某处洞穴旁经过,为洞神一瞥见到,欢喜了她。因此更加爱独处,爱静坐,爱清洁,有时且会自言自语,常以为那个洞神已驾云乘虹前来看她。这个抽象的神或为传说中的相貌,或为记忆中庙宇里的偶像样子,或为常见的又为女子所畏惧的蛇虎形状。总之这个抽象对手到女人心中时,虽引起女子一点羞怯和恐惧,却必然也感到热烈而兴奋。事实上也就是一种变形的自渎。等待到家中人注意这件事情深为忧虑时,或正是病人在变态情绪中恋爱最满足时。

通常男巫的职务重在和天地,悦人神,对落洞事即付之于职权以外,不能过问。辰州符重在治大伤,对这件事也无可如何。女巫虽可请本家亡灵对于这件事表示意见,或阴魂入洞探询消息,然而结末总似乎凡属爱情,即无罪过。洞神所欲,一切人力都近于白费。虽天王佛菩萨,权力广大,人鬼同尊,亦无从为力。(迷信与实际社会互相映照,可谓相反相成。)事到末了,即是听其慢慢死去。死的迟早,都认为一切由洞神作主。事实上有一半近于女子自己作主。死时女子必觉得洞神已派人前来迎接她,或觉得洞神亲自换了新衣骑了白马来接她，耳中有箫鼓竞奏，眼睛发光，脸色发红，间或在肉体上放散一种奇异香味，含笑死去。死时且显得神气清明，美艳照人。真如诗人所说："她在恋爱之中，含笑死去。"家中人多泪眼莹然相向，无可奈何。只以为女儿被神所眷爱致死。料不到女儿因在人间无可爱悦，却爱上了神，在人神恋与自我恋情形中消耗其如花生命，终于衰弱死去。

凡女子落洞致死的年龄，迟早不等，大致在十六到二十四五左右。病的久暂也不一，大致由两年到五年。落洞女子最正当的治疗是结婚，一种正常美满的婚姻，必然可以把女子从这种可怜的生活中救出。可是照习惯这种为神眷顾的女子，是无人愿意接回家中作媳妇的。家中人更想不到结婚是一种最好的法术和药物。因此末了终是一死。

湘西女性在三种阶段的年龄中，产生蛊婆女巫和落洞女子。三种女性的歇思底里亚，就形成湘西的神秘之一部。这神秘背后隐藏了动人的悲剧，同时也隐藏了动人的诗。至如辰州符，在伤科方面用催眠术和当地效力强不知名草药相辅为治，男巫用广大的戏剧场面，在一年将尽的十冬腊月，杀猪宰羊，击鼓鸣锣，来作人神和乐的工作,集收人民的宗教情绪和浪漫情绪,比较起来,就见得事很平常,不足为异了。

浪漫情绪和宗教情绪两者混而为一,在女子方面,它的排泄方式,有如上所述说的种种。在男子方面,则自然而然成为游侠者精神。这从游侠者的道德规律所表现的宗教性和戏剧性也可看出。妇女道德的形成,与游侠者的规律大有关系。游侠者对同性同道称哥唤弟,彼此不分。故对于同道眷属亦视为家中人,呼为嫂子。子弟儿郎们照规矩与嫂子一床同宿,亦无所忌。但条款必遵守,即"只许开弓,不许放箭"。条款意思就是同住无妨,然不能发生关系。若发生关系,即为犯条款,必受严重处分。这种处分仪式,实充满宗教性和戏剧性。下面一件记载,是一个好例。这故事是一个参加过这种仪式的朋友说的。

在野地排三十六张方桌(象征梁山三十六天罡),用八张方桌重叠为一个高台,桌前掘一见方一丈八尺的土坑,用三十六把尖刀竖立坑中,刀锋向上,疏密不一。预先用浮土掩着,刀尖不外露。所有弟兄哥子都全副戎装到场,当时流行的装束是:青绉绸巾裹头,视耳边下垂巾角长短表示身分。穿纸甲,用棉纸捶炼而成,中夹头发，作成背心式样，轻而柔韧，可以避刀刃。外穿密钮打衣，袖小而紧。佩平时所长武器，多单刀双刀，小牛皮刀鞘上绘有绿云红云，刀环上系彩绸，作为装饰。着青裤，裹腿，腿部必插两把黄鳝尾小尖刀。赤脚，穿麻练鞋。桌上排定酒盏，燃好香烛，发言的必先吃血酒盟心（或咬一公鸡头，将鸡血滴入酒中，或咬破手指，将本人血滴入酒中）。"管事"将事由说明，请众议处。事情是一个作大哥的嫂子有被某"老幺"调戏嫌疑，老幺犯了某条某款。女子年青而貌美，长眉弱肩，身材窈窕，眼光如星子流转。男的不过二十岁左右，黑脸长身，眉目英悍。管事把事由说完后，女子继即陈述经过，那青年男子在旁沉默不语。此后轮到青年开口时，就说一切都出于诬蔑。至于为什么诬蔑，他不便说，嫂子应当清清楚楚。那意思就是说嫂子对他有心，他无意。既经否认，各执一说，"执法"无从执行处分，因此照规矩决之于神。青年男子把麻鞋脱去，把衣甲脱去，光身赤脚爬上那八张方桌顶上去。毫无惧容，理直气壮，奋身向土坑跃下。出坑时，全身丝毫无伤。照规矩即已证实心地光明，一切出于受诬。其时女子头已低下，脸色惨白，知道自己命运不佳，业已失败，不能逃脱。那大哥揪着女的发髻，跪到神桌边去,问她:"还有什么话说?"女的说:"没有什么说的。冤有头,债有主,凡事天知道。"引颈受戮,不求饶也不狡辩。一切沉默。这大哥看看四面八方,无一个人有所表示,于是拔出背上军刀,一刀结果了这个因爱那小兄弟不遂心,反诬他调戏的女子。头放在神桌前,眉目下垂如熟睡。一伙哥子弟兄见事已完,把尸身拖到原来那个土坑里去,用刀掘土,把尸身掩埋了。那个大哥和那个幺兄弟,在情绪上一定都需要流一点眼泪,但身分上的习惯,却不许一个男子为妇人显出弱点,都默然无言,各自走开。

类乎这种事情还很多。都是浪漫与严肃,美丽与残忍,爱与怨,交缚不可分。

游侠者行径在当地也另成一种风格,与国内近代化的青红帮稍稍不同。重在为友报仇,扶弱锄强,挥金如土,有诺必践。尊重读书人,敬事同乡长老。换言之,就是还能保存一点古风。有些人虽能在川黔湘鄂数省边境号召数千人集会,在本乡却谦虚纯良,犹如一乡巴老,有兵役的且依然按时入衙署当值,听候差遣作小事情,凡事照常。赌博时用小铜钱三枚跌地,名为"板三",看反复,数目,决定胜负,一反手间即输黄牛一头,银元一百两百,输后不以为意，扬长而去，从无翻悔放赖情事。决斗时两人用分量相等武器，一人对付一人，虽亲兄弟只能袖手旁观，不许帮忙，仇敌受伤倒下后，即不继续填刀，否则就被人笑话，失去英雄本色，虽胜不武。犯条款时自己处罚自己，割手截脚，脸不变色，口不出声。总之，游侠观念纯是古典的，行为是与太史公所述相去不远的。二十年闻名于川黔鄂湘各边区凤凰人田三怒，可为这种游侠者一个典型。年纪不到十岁，看木傀儡戏时，就携一血棒木①短棒，在戏场中向屯垦军子弟不端重的横蛮的挑衅，或把人痛殴一顿，或反而被人打得头破血流，不以为意。十二岁就身怀黄鳝尾小刀，称"小老幺"，三江四海口诀背诵如流。家中老父开米粉馆，凡小朋友照顾的，一例招待，从不接钱。十五岁就为友报仇，走七百里路到常德府去杀一木客镖手，因听人说这个镖手在沅州有意调戏一个妇人，用手触过妇人的乳部，这少年就把镖手的双手砍下，带到沅州去送给那朋友。年纪二十岁，已称"龙头大哥"，名闻边境各处，然在本地每日抱大公鸡往米场斗鸡时，一见长辈或教学先生，必侧身在墙边让

---

① 疑为血稠木之误。稠为一种质地坚密的杂木，有红、白二色。血棒木即红稠木。

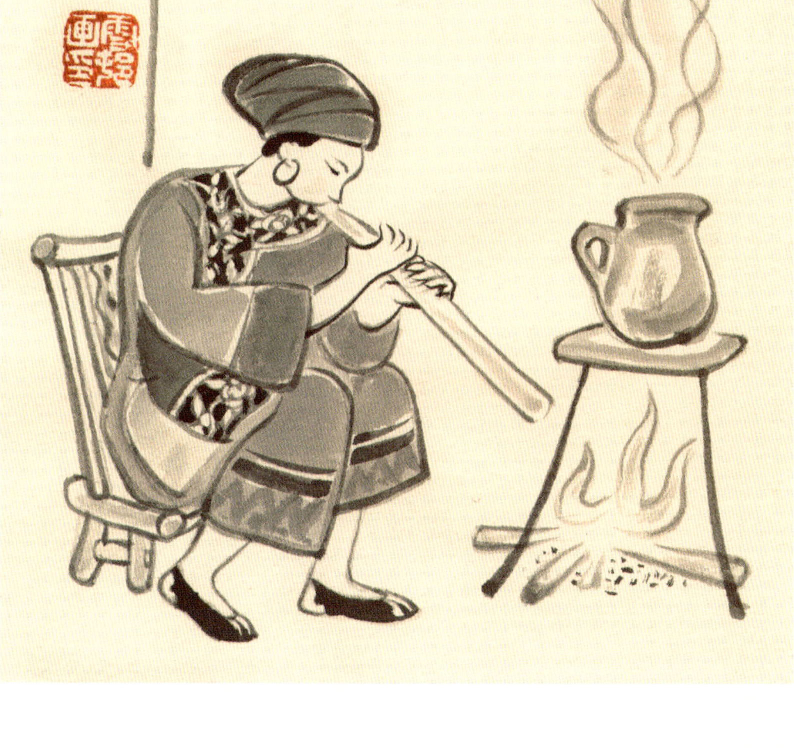

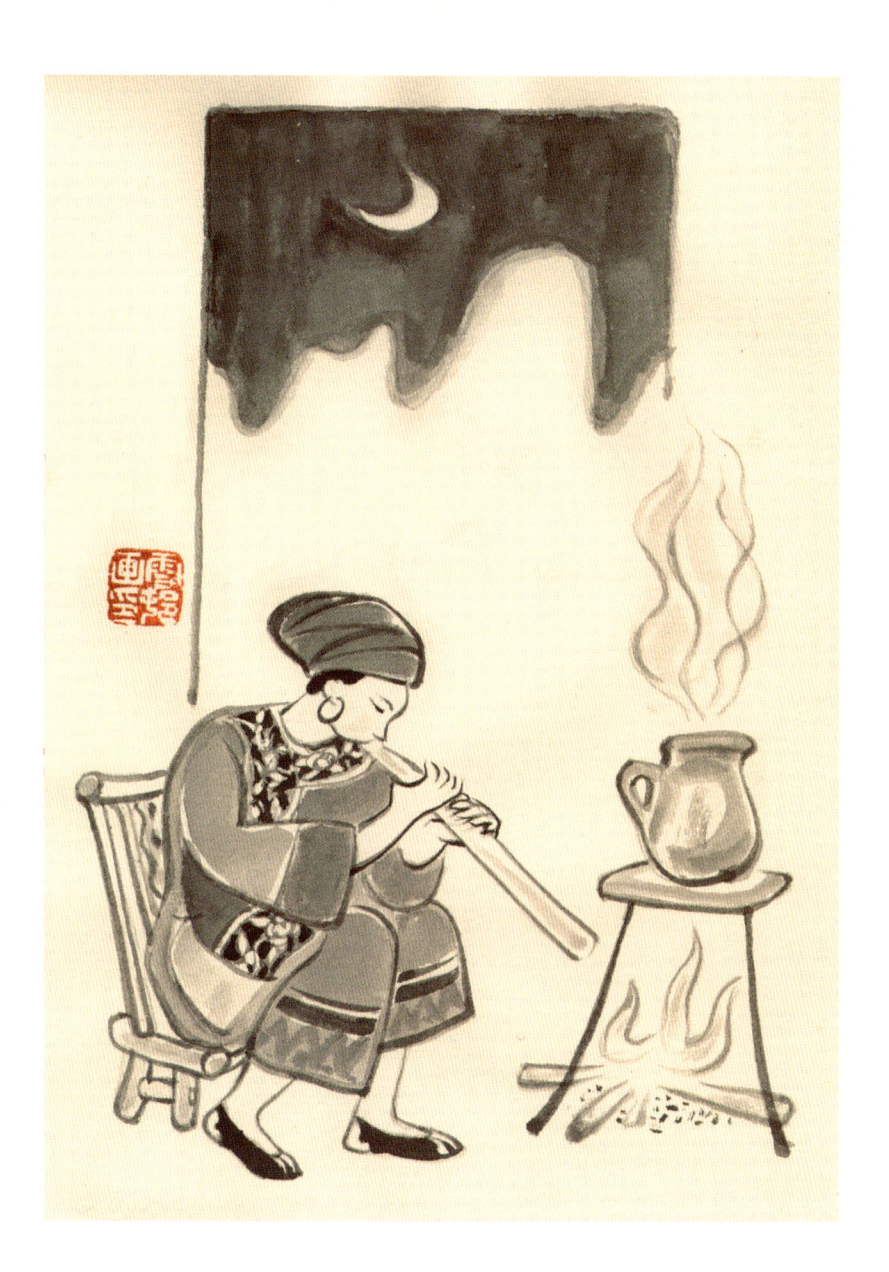

路,见女人必低头而过,见作小生意老妇人,必叫伯母,见人相争相吵,必心平气和劝解,且用笑话使大事化为小事。周济逢丧事的孤寡,从不出名露面。各庙宇和尚尼姑行为有不正当的,恐败坏当地风俗,必在短期中想方法把这种不守清规的法门弟子逐出境外。作龙头后身边子弟甚多,龙蛇不一,凡有调戏良家妇女,或赌博撒赖,或倚势强夺,经人告诉的,必招来把事情问明白,照条款处办。执法老幺,被派往六百里外杀人,随时动员,如期带回证据。结怨甚多,积德亦多。身体瘦黑而小,秀弱如一小学教员,不相识的绝不会相信这是湘西一霸。

光棍服软不服硬,白羊岭有一张姓汉子,出门远走云贵二十年,回家时与人谈天,问"本地近来谁有名?"或人说:"田三怒。"姓张的稍露出轻视神气:"田三怒不是正街卖粉的田家小儿子?"当夜就有人去叫张家的门,在门外招呼说:"姓张的,你明天天亮以前走路,不要在这个地方住。不走路后天我们送你回老家。"姓张的不以为意,可是到后天大清早,有人发现他在一个桥头上斜坐着,走近身看看,原来两把刀插在心窝上,人已经死了。另外有个姓王的,卖牛肉讨生活,过节喝了点酒,酒后忘形,当街大骂田三怒不是东西，若有勇气，可以当街和他比比。正闹着，田三怒却从街上过身，一切听得清清楚楚。事后有人赶去告给那醉汉的母亲，老妇人听说吓慌了，赶忙去找他，哭哭啼啼，求他不要见怪。并说只有这个儿子，儿子一死，自己老命也完了。田三怒只是笑，说："伯母，这是小事情，他喝了酒，乱说玩的。我不会生他的气。谁也不敢挨他，你放心。"事后果然不再追究。还送了老妇人一笔钱，要那儿子开个面馆。

田三怒四十岁后，已豪气稍衰，压倦了风云，把兄弟遣散，洗了手，在家里养马种花过日子。间或骑了马下乡去赶场，买几只斗鸡，或携细尾狗，带长网去草泽地打野鸡，逐鹌鹑，猎猎野猪，人料不到这就是十年前在川黔边境增加了凤凰人光荣的英雄田三怒。本人也似乎忘记自己作了些什么事。一天下午，牵了他那两匹骏健白马出城下河去洗马。城头上有两个懦夫居高临下，用两支匣子炮由他身背后打了约十三发子弹，有两粒子弹打在后颈上，五粒打在腰背上。两匹白马受惊，脱了僵沿城根狂奔而去。老英雄受暗算后，伏在水边石头上，勉强翻过身来，从怀中掏出小勃郎宁拿在手上，默然无声。他知道等等就会有人出城来的。不一会，懦夫之一果然提着匣子炮出城来了,到离身三丈左右时,老英雄手一扬起,枪声响处那懦夫倒下,子弹从左眼进去,即刻死了。城头上那个懦夫在隐蔽处重新打了五枪。田三怒教训他:"狗杂种,你做的事丢了镇筸人的丑。在暗中射冷箭,不像个男子。你怎不下来?"懦夫不作声。原来城上来了另外的人,这行刺的就跑了。田三怒知道自己不济事了,在自己太阳穴上打了一枪,便如此完结了自己,也完结了当地最后一个游侠者。

派人作这件事情的,到后才知道是一个姓唐的。这个人也可称为苗乡一霸,辛亥革命领率苗民万人攻城,牺牲苗民将近六千人,北伐时随军下长江,曾任徐海警备司令。卸职还乡后称"司令官",在离城十里长宁哨新房子中居家纳福。事有凑巧,作了这件事后,过后数年,这人居然被一个驻军团长,不知天高地厚,把他捉来放在牢里,到知道这事不妥时,人已病死狱中了。

田三怒子弟极多,十年来或因年事渐长,血气已衰,改业为正经规矩商人。或带剑从军,参加各种内战,牺牲死去。或因犯案离乡,漂流无踪。在日月交替中,地方人物新陈代谢,风俗习惯日有不同。因此到近年来,游侠者精神虽未绝,所有方式已大大有了变化。在那万山环绕的小小石头城中,田三怒的姓名,已逐渐为人忘却,少年子弟中有从图画杂志上知道"飞将军","小黑炭","美人鱼","毛泽东"等人的事业,却不知道田三怒是谁。

当年田三怒得力助手之一,到如今还好好存在,为人依然豪侠好客,待友以义,在苗民中称领袖,这人就是去年使湘西发生问题,迫何键去职,使湖南政治得一转机的龙云飞。二十年前眼目精悍,手脚麻利,勇敢如豹子,轻捷如猿猴,身体由城墙头倒掷而下,落地时尚能作矮马桩姿势。在街头与人决斗,杀人后下河边去洗手时,从从容容如毫不在意。现在虽尚精神矍铄,面目光润,但已白发临头,谦和宽厚如一长者。回首昔日,不免有英雄老去之慨!

这种游侠者精神既浸透了三厅子弟的脑子,所以在本地读书人观念上也发生影响,军人政治家,当前负责收拾湘西的陈老先生①,年近六十,体气精神,犹如三十许青年壮健,平时律己之严,驭下之宽,以及处世接物,带兵从政,就大有游侠者风度。少壮军官中,如师长顾家齐、戴季韬辈,虽受近代化训练,面目文弱和易如

---

① 即陈渠珍。1938年初,复出任沅陵绥靖公署主任。

大学生,精神上多因游侠者的遗风,勇鸷慓悍,好客喜弄,如太史公传记中人。诗人田星六,诗中就充满游侠者霸气。山高水急,地苦雾多,为本地人性格形成之另一面。游侠者精神的浸润,产生过去,且将形成未来。

苗 民 问 题

湘西苗民集中在三个县分内,就是白河上游和保靖毗连的永绥县,洞河上游的乾城县,麻阳河上游与麻阳接壤的凤凰县。就地图看,这三个县分又是相互连接的。对于苗民问题的研讨,应当作一度历史的追溯。它的沿革,变化,与屯田问题如何不可分,过去国家对于它的政策的得失,民国以来它随内战的变化所受的种种影响。他们生计过去和当前在如何情形下支持,未来可能有些什么不同。他们如何得到武器,由良民而成为土匪,又由土匪经如何改造，就可望成为当前最需要的保卫国家土地一分子。这问题如其他湘西别的问题一样，讨论到它时，可说的话实在太多。可是本文不拟作这种讨论。大多数人关心它处，恐不是苗民如何改造，倒是这些被逼迫到边地的可怜同胞，他们是不是当真逢货即抢，见人必杀？他们是不是野蛮到无可理喻？他们是不是将来还会……？这一串疑问都是必然的。正因为某一时当地的确有上述种种问题。

这种旧账算来，令人实在痛苦，我们应当知道，湘西在过去某一时，是一例被人当作蛮族看待的。虽愿意成为附庸，终不免视同化外。被歧视也极自然，它有两种原因，一是政治的策略，统治一省的负责者，在习惯上的错误，照例认为必抑此扬彼，方能控制这个民苗混处的区域。一是缺少认识，负责者对于湘西茫然无知，既从不作过当前社会各方面的调查，也从不作过历史上民族性的分析，只凭一群毫无知识诈伪贪污的小官小吏来到湘西所得的印象，决定所谓应付湘西的政治策略。认识既差，结果是政策一时小有成功，地方几乎整个糜烂。这件事现在说来，业已成为过去了。未来呢，湘西必重新交给湘西人负责，领导者又乐于将责任与湘西优秀分子共同担负，且更希望外来知识分子帮忙，把这个地方弄得更好一点，方能够有个转机。对整个问题，虽千头万绪，无从谈起；对苗民问题，应当有一根本原则，即一律平等，教育，经济，以及人事上的位置，原则上应力求平等。去歧视，去成见，去因习惯而发生的一切苛扰。在可能情形下，且应奖励客苗交通婚姻。能够这样，湘西苗民是不成为问题的。至于当前的安定，一个想到湘西来的人，除了作汉奸，贩毒品，以及还怀着荒唐妄想，预备来湘西搜括剥削的无赖汉，这三种人不受欢迎，此外战区逃来的临时寄居者，拟来投资的正当商人，分发到后方的一切公务人员和知识分子，以及无家可归的难民妇孺，来到湘西，都必然得到应有的照顾和帮助，不至于发生不应当有的困难。湘西人欢喜朋友，知道尊重知识，需要人来开发地面，征服地面，与组织群众，教育群众。凡是来到湘西的，只要肯用一点时间先认识湘西，了解湘西，对于湘西的一切，就会作另外看法，不至于先入为主感觉可怕了。一般隔靴搔痒者惟以湘西为匪区，作匪又认为苗人最多，最残忍，这即或不是一种有意诬蔑，还是一种误解。殊不知一省政治领导得人，当权者稍有知识和良心，不至于过分勒索苛刻这类山中平民，他们大多数在现

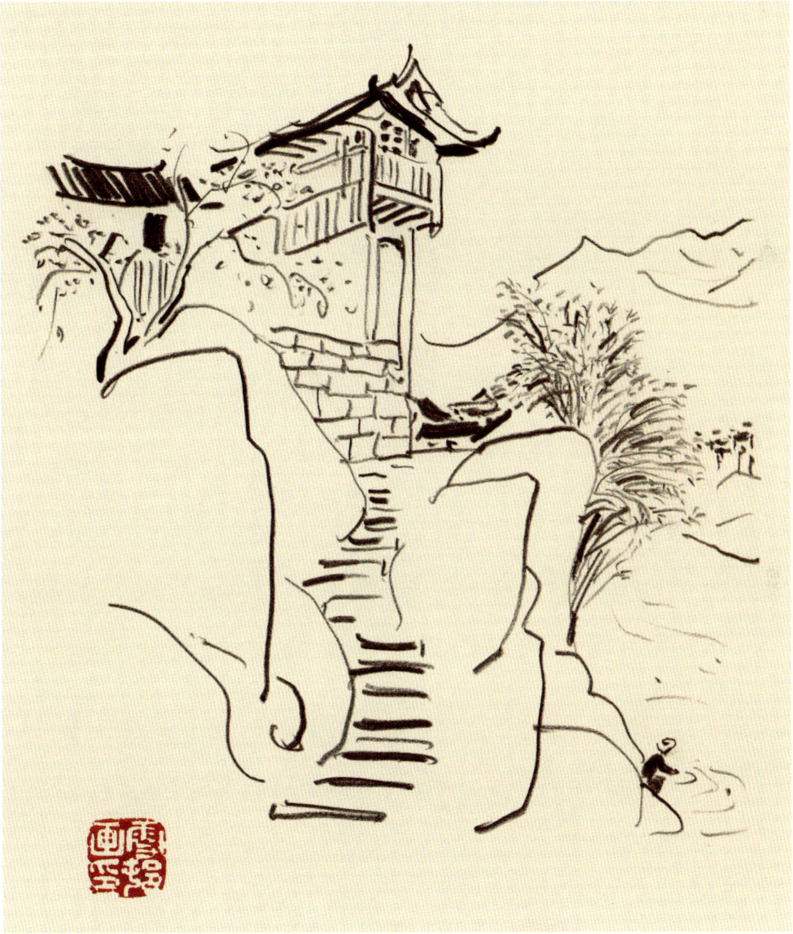

在中国人中,实在还是一种最勤苦,俭朴,能生产,而又奉公守法,极其可爱的善良公民。

湘西人充过兵役的,被贪官污吏坏保甲逼到无可奈何时,容易入山作匪,并非乐于为匪,一种开明的贤人政治,正人君子政治,专家政治,如能实现,治理湘西,应当比治理任何地方还容易。

湘西地方固然另外还有一种以匪为职业的,这种分子,不尽是湘西人,尤其不是善良的苗民,大多数是边境上的四川人,贵州人,湖北人,以及少数湘西人。这可说是几十年来中国内战的产物。这些土匪寄身四省边界上,来去无定。这种土匪使湘西既受糜烂,且更负一个"匪区"名分。解决这问题,还是应当从根本上着手,使湘西成为中国的湘西,来开发,来教育。

卅年一月七日校毕,时在昆明郊外,天晴有风。